COBALT-SERIES

炎の蜃気楼（ミラージュ）昭和編

悲願橋ブルース

桑原水菜

集英社

炎の蜃気楼（ミラージュ） 昭和編

悲願橋（ひがんばし）ブルース

目　次

人物紹介
加瀬賢三
上杉景虎
冥界上杉軍の大将。
かつて「レガーロ」で
ホール係をしていた。
笠原尚紀
直江信綱
医学部に通う大学生。
上杉夜叉衆のひとりとして、
成仏できずにいる
霊たちを《調伏》している。

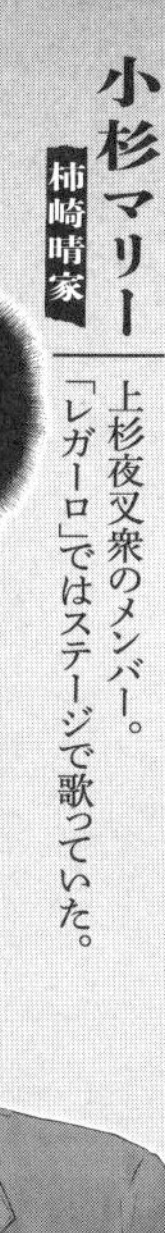

小杉マリー
柿崎晴家

上杉夜叉衆のメンバー。「レガーロ」ではステージで歌っていた。

宮路 良
安田長秀

グラビアや広告写真のカメラマン。夜叉衆では実力ナンバー2。

佐々木由紀雄
色部勝長

循環器外科の医師で元軍医。夜叉衆では最年長的立場のまとめ役。

北里美奈子

音楽家一族の令嬢。実は養女であり、龍女の血を引いている。

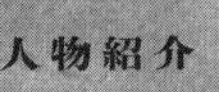

朽木慎治

織田信長

「レガーロ」のボーイ兼用心棒だった。行方不明になっていたが、信長としての記憶を取り戻し、景虎たちと対立する。

ジェイムス・D・ハンドウ

森蘭丸

大崇信六王教の当主・阿藤が大株主である阿津田商事の重役。

高坂弾正

神出鬼没の武田家臣。夜叉衆と敵対したり助けたり、謎多き人物。

悲願橋ブルース

執行健作

景虎たちが働いていたホール「レガーロ」のオーナー。

坂口靖雄

笠原（直江）の後輩。龍によって守護されている。

これまでのあらすじ

昭和三十三年、東京。加瀬（景虎）は新橋駅近くのガード下にあるホール「レガーロ」でホール係として働いていた。マリー（晴家）は同じ店の歌姫だ。ある日の閉店後、店のボーイ・朽木の前に、戦死した彼の友人の名を騙る男が現れた。景虎たちは男に襲われた朽木を助ける。二人は朽木を守るために「レガーロ」に潜入していた。

一方、医大生・笠原（直江）は、龍に守られた後輩・坂口と知り合う。彼も不審な人間に狙われていた。坂口は武田ゆかりの龍を祀る家の人間で、巫女である龍女が生む『龍のうろこ』を肌身離さず持っていた。坂口の実家へ話を聞きに行った矢先に龍女が殺され、直江は新たに龍女となった音楽一家の令嬢・美奈子を護衛することに。

二つの事件には大崇信六王教が絡んでいた。実は朽木こそ、行方不明と言われていた信長が換生した姿であり、『龍のうろこ』で信長の鎧を作るため、龍女や坂口が狙われていたのだ。そして、朽木は「レガーロ」から姿を消した。（「**夜啼鳥ブルース**」）

朽木が去った「レガーロ」で、バンドメンバーに原因不明のアクシデントが続く。そんな折、「レガーロ」のオーナーである執行の前に、元歌姫で今は芸能プロダクションの社長となった早枝子が現れる。執行と因縁がある彼女の狙いは「レガーロ」を乗っ取ること。バンマスのピアニストまでも倒れるが、急遽美奈子が演奏し、事なきを得る。早枝子の周辺には織田と六王教の影があり、景虎たちが調査に動き出す中、「レガーロ」に爆破予告が届く。

爆破予告は織田の息がかかった大進興業からの脅迫状で、その結果、景虎たちは「レガーロ」に立てこもる。店は大進興業の人間に囲まれ、景虎はバンドメンバーたちを襲ったものと同じ呪いを受けてしまう。しかし、織田の真の狙いは大勢の客を乗せた電車の爆破だった。今まで所在がわからなかった長秀の働きによって計画は阻止。景虎の呪いも解かれる。一連の事件は、記憶を取り戻した朽木――信長の指示で行われたものだった。（「**揚羽蝶ブルース**」）

爆破予告の一件以来、美奈子は「レガーロ」でピアノを弾くようになっていた。マリーにデビュー話が持ち上がったりする中、「レガーロ」に東雲次郎という男から髑髏が届く。また、都内の結婚式場界隈では、花嫁が倒れる異変が起きていた。原因は婚礼衣装に取り憑いた霊。知り合いが巻き込まれたこともあり、直江は調査に乗り出す。同時に次郎の正体を探るが、「レガーロ」で働くナッツとつながりがあるとわかる。

ある日、景虎は店で突然倒れた。次郎の弟・三千夫の指示を受けてナッツが仕掛けた呪詛が発動したせいだった。三千夫は六王教から髑髏を盗んで追われる身であり、次郎はすでに亡くなっていた。しかし弟を心配し、霊媒体質である三千夫に憑き、景虎のもとへ髑髏を送りつけたのだ。憑き衣の主導霊でもあった髑髏の正体は、信忠の婚約者・松姫。信長は催眠暗示ができる髑髏を使い、皇太子の成婚パレードを見守る民衆を操ろうとしていた。次郎の協力を得た夜叉衆は織田方を追い詰め、景虎は東京タワーで信長と対峙する。彼を殺す絶好のチャンスだったが、信長が見せた朽木の姿にとどめを刺せなかった。（「**瑠璃燕ブルース**」）

髑髏事件からしばらくのち、景虎は流しのバイオリン弾きに出会う。彼が演奏するとなぜか霊が活性化する。また、直江が通う大学の構内では不発弾が爆発した。現場はかつての陸軍の秘密研究所。以来、学生の間で「死者を乗せる船の夢を見る」という奇妙な現象が広がる。そして、その爆発で北条と敵対していた怨霊が目覚める。

バイオリン弾き・丈司は長秀が見張っていた。偶然接触した際、付喪神付きのバイオリンを、織田絡みの人間に売れと迫られていると知る。バイオリンは叔父・幸之助のもので、彼は弾いたら死ぬ曲を書いたことがあるらしい。丈司といた長秀たちは怨霊に襲われ、バイオリンは死守したものの、彼を拉致されてしまう。

丈司が監禁されているホテルに乗り込んだ際、怨霊との戦いで怪我を負った景虎は信長と遭遇する。美奈子は若い女の霊に導かれて山手の天主堂へ向かい、瀕死の景虎を見つける。そんな美奈子のもとにも幸之助のバイオリンがあった。治療を受けた景虎は『死の船』の夢を見、直江の反対を押し切り、夢へ潜っていった。（「**霧氷街ブルース**」）

爆発事件を調べていた直江は陸軍の研究所で旋律兵器の研究が行われていたことを知る。そこで殺人楽曲を作ったのが幸之助だった。すでに楽譜は失われ、丈司だけが暗譜している。直江が景虎の入院先へ戻ると彼の身体が消えており、ふたりを繋ぐ命綱も切れた。

一方、景虎は夢で美奈子と遭遇し、船の付喪神であるマリアから、彼女がもとはバイオリンに封じられていた霊であり、無人兵器の実験に利用されたと教えられる。それこそ丈司が持つ「テオトコス」。美奈子宅へ預けられていたのが「二番目のテオトコス」だった。

「第二のテオトコス」のせいで織田に狙われた美奈子を逃がした晴家は信長に捕らえられていた。そこに、マリアに執着する科学者・ヨハンに憑依された景虎が現れる。さらには『死の船』であるむげん丸が地上に現れ、物と霊の合着が始まる。信長はむげん丸を通じて人々の無意識を支配しようとするが、そんな信長にヨハンが刃を向ける。彼の目的は、直江の力によって、マリアの魂を美奈子の身体へ換生させることだった。間一髪、景虎の魂は肉体へ戻り、「テオトコス」の力を利用して、ヨハンとマリアを調伏した。（「**夢幻燈ブルース**」）

むげん丸の事件後、景虎と晴家はレガーロを離れることに。直江は学生運動の過激派である「闘学連」に潜入し、それを率いる十文字の監視していた。十文字は得体の知れない霊気をまとっていた。また、霊的包容力のある美奈子は織田に狙われ、松川神社に匿われていた。距離を近づけていく景虎と美奈子の姿に直江の胸は重く塞ぐ。

そんな中、霊と対峙した長秀が、なぜか《調伏》できずに怪我を負う。晴家や色部も《調伏力》が使えなくなる。ほどなく景虎たちもくだんの霊・トウジロウに襲われた。美奈子に憑依し、景虎たちを守ってくれた布良という霊によればトウジロウの正体は、長島一向一揆の赤蜥蜴衆のひとりで、仲間を裏切った男だという。この戦闘が原因で直江は昏睡状態に。さらには「レガーロ」でのラストステージに信長が現れ、晴家が声を失う。

闘学連を含め、合同での国会デモが決行され、景虎は十文字に憑依したトウジロウと対峙する。昏睡から目覚めた直江も合流し、夜叉衆はトウジロウや学生たちと激闘をくり広げた。そして、彼が施した鬼術を解かせ、《調伏力》を取り戻す。（「**無頼星ブルース**」）

イラスト／高嶋上総

炎の蜃気楼(ミラージュ) 昭和編
悲願橋(ひがんばし)ブルース

第一章　さよなら、尚紀

告別式は雨の中、行われた。

寺には大勢の参列者が集まっていた。

たくさんの供花が並んでいる。名札には医療関係者や企業の名前が多かった。

広い本堂の、大きな須弥壇の前には、ふたつの遺影が並んでいる。

笠原夫妻の遺影だった。

僧侶たちの読経が続く。参列者の焼香が始まったところだった。焼香台に並んで粛々と焼香を済ませていく。

遺族席には、大学生がいる。笠原尚紀だった。

喪主は彼だった。笠原夫妻が「病院の跡取りに」と養子縁組した医大生。喪服に身を包んだ尚紀は、粛然と腰掛けていたが、目線を落としたその顔は憔悴しきっていた。

参列者として現れた佐々木由紀雄と小杉マリーが焼香台の前に立ったが、尚紀は気づかない。

喪服のマリーが心配そうに見つめていたが、声をかけることはかなわなかった。

その後ろには、北里美奈子とその両親もいる。

美奈子は尚紀の青白い顔を見、数珠を握る手に力をこめた。

（笠原さん……）

雨は蕭々と降りしきる。

読経が流れる本堂を、参道から、黒い傘を差して見つめている喪服の男がいる。

加瀬賢三だった。


あの日、笠原家を悲劇が襲った。

物々しいサイレンが響いていた。知らせを聞いて駆けつけた尚紀が目撃したのは、猛火に包まれる自宅だった。すでに近所の者が通報していたようで、消防隊による消火活動が始まっていたが、火の勢いは凄まじく、手の施しようもないような状況だった。

――お養母さん……！　どこですか、お養母さん！

養母の敏恵は家にいたはずだ。野次馬の中にその姿を探したが、見当たらない。逃げたところを見た者もいない。

（まさか、家にまだいるんじゃ……）

く。

——いけません、ぼっちゃま！　危ない！

家政婦の秀子が、飛び出しかける尚紀を止めた。

——はなせ！　お養母さんを助けないと！　お養母さん、お養母さん！

どうすることもできなかった。

秀子が泣きながら尚紀にすがりついていた。猛火に包まれた自宅が、目の前で焼け落ちていく。

笠原尚紀として暮らしてきた家が、無残にも崩れていく。

炎の熱に身を炙られながらただ茫然と見ていることしかできなかった。

鎮火したのは、もう辺りも暗くなった頃だ。

黒く焼けて炭化した柱だけが、枯木のように立っている。瓦礫はまだ熱を持ち、くすぶっている。辺りに漂う焼けた材木の臭いが、空襲の後を思い出させる。消防隊の現場検証のあと、悲しい知らせを聞くことになった。

「火災現場から、ご遺体が二体、発見されました」

尚紀は立ち尽くした。

目の前が暗くなり、体から力が抜けそうになった。

そのもう一体が誰なのか、尚紀には察しがついた。父親と連絡がつかなかったからだ。病院にはいなかった。秘書によれば、急用で呼び出されて家に戻ったとのことだった。急用がなんだったのかはわからない。秘書にもそれは伝えられてなかった。

「……そう、ですか」

尚紀は、やっとの思いで答えた。

涙も出なかった。

それから葬式までの慌ただしい時間を、何をどうやって過ごしたかは、はっきりと覚えていない。心はどこかに置きざりにされたまま、親戚に連絡し、葬式の段取りをし、「お悔やみ」を告げる人々に頭を下げ、気がつけば、喪主として挨拶をしていた。親戚や病院関係者は若い尚紀を励ましたが、口さがない参列者の中には、なんの根拠もない悪い噂を口にする者もいた。

開業したばかりの総合病院の経営はどうするのか。

融資を受けた銀行の担当者が、お悔やみもそこそこに、今後のことを話し合いたいと執拗に声をかけてくる。今はまだ目先のことすら考えられるような精神状態ではない。

「また今度」と言い、逃れるように霊柩車に乗る。

両親の火葬を終え、遺骨を引き取って、尚紀が向かった先は、山手に住む親戚の家だ。白木の位牌がふたつ並んだ祭壇の前で、魂が抜けたように座り続けた。

家が焼けて、住み処も失った。住み込みで働いていた秀子は、しばらく友人の家に泊めてもらうという。どの道、このまま解雇になるだろう。

葬式の翌日——。

尚紀は葬儀の手伝いをしてくれた近所の者に礼を言ってまわるべく、焼け跡へと戻ってきた。黒ネクタイこそ外したが、色味のある服を着る気にはなれず、喪服の上下を着ていた。家々を回って礼の品を渡しながら、笠原家のあった敷地に戻ってきた。

焼け跡の前に立つ男がいることに、尚紀は気づいた。

加瀬だった。

雨のあとのむしむしとした空気の中、上着を小脇に抱え、焼け跡の瓦礫を見つめている。いつも手放せない煙草も、その口元にはない。だが、足下には線香が手向けられている。

尚紀に気がつくと、よう、と軽く答えた。

「来ていたんですか……」

「少しは落ち着いたか？」

「……しばらくは、手続きに追われそうです」

「そうか」

「葬儀にも来てくださったんですね」

「気がつかなかったのか」

「芳名帳(ほうめいちょう)を見て知りました」

「だろうな。おまえ、ずっと下を向いていた」

「……すみません」

憔悴しきった声だった。

焼け残ったのは、塀と門扉(もんぴ)だけだ。その向こうには消し炭と化した柱が、墓標のように佇立(ちょりつ)する。瓦礫が積み重なっている。辺りにはまだ焼け焦げた臭いが立ちこめていて、嫌でも鼻が反応してしまう。

「空襲の焼け跡の臭いだ……」

尚紀は瓦礫を踏み分けるようにして入っていく。加瀬もあとに続いた。足下に溶けた青いガラスの固まりが埋もれているのを見つけた。

「養母(はは)が気に入っていた、江戸切子(えどきりこ)の器だ。夏になると、よくそうめんを入れていた。見ているだけでも涼しげなので、よく秀子さんと三人で甲子園(こうしえん)のラジオ中継を聞きながら食べたな……」

「そうか……」

「ああ、こっちはお養父さんの湯飲みだ」

尚紀は足下にあった陶器を拾い上げた。

「養父は猫舌で、ぬるい茶でないとよく怒りました……。食後のほうじ茶が好きだった。切らすと怒るので、よく買いに行かされたもんです」

「直江……」

「これは秀子さんの茶碗だ。ごはんが大好きで必ず二膳食べていた。実家が米所で、ごはんにはうるさかったなあ」

「直江」

思い出の中に逃げ込んでいるように見えたのか。景虎は厳しい表情を崩さない。

直江は茶碗を捨てた。

「……逃げ込んだわけではありませんよ」

「住むところはあるのか」

「いまは、親戚の家に。いつまでも世話にはなれないので、家を探さないと」

頬がやつれている。ろくに食べるものも口にしていないのだろう。張りのある肌も、今は血色が悪く、がさがさで、笑みを消してしまうとまるで幽鬼のようだった。

「……どうして、こんなことになったんだろう」

「………」

「バチが当たったんでしょうか」

力なく自嘲した。

「医者に、なろうとしたから」

「ちがう」

「医者で身を立てようだなんて、似合いもしない野心を抱いたりしたから……」

「ちがう」

「尚紀の人生を横取りしておいて、自分の成功を望んだりするから。欲を持ったりするから。天罰が下ったんでしょうか。罪を忘れて浮ついたりするから」

「そうじゃない」

「罰を下すなら、俺の命を持っていけばいいのに。天というやつはお見通しなんだ。いつだって。どうすれば、一番の報いになるか、知っていやがるんだ。俺の命をいくら奪ったところで、今度は別の命が犠牲になるとわかっているから、代わりに両親の人生を取り上げたんだ。きっとそうだ」

「そんなことじゃない」

「だったら、なんでこんなことになるんです！」

直江はたまらず声を荒げた。

「父が目指した総合病院がやっと開業したというのに！　何もかもこれからだったのに！　なぜ命を奪われなければならないんです！　母への孝行だって、まだまだこれからだったんだ。尚紀がしてやれなかった分、両親に恩返しをしなければならなかった。罪滅ぼしだって何もできてない。なのに、なぜその両親が死んで、俺が生き残っているんだ！」

膝を落として、瓦礫を拳で叩きまくる。見かねて景虎が、その拳を止めようと摑んだが、振り払って、また拳を叩きつける。

「こんなのはおかしい！　……おかしいじゃないか！」

悲痛な叫びを発して、直江はうずくまった。

理不尽を呪い、嗚咽を殺して、全身を震わせている。

景虎には慰める言葉すら見つからない。どうしようもなくて、直江の肩に手をかけた。掌から、直江の震えが——ぶつけどころのない怒りと嘆きが、伝わってきた。

ほんの一週間前まで、ここにはいつもと変わらぬ暮らしがあった。団らんがあった。平穏があった。日常があった。

夕暮れ時、帰宅して玄関を開ければ、台所から煮物のいいにおいがした。焼き魚の香ばしいにおいがする日もあった。ラジオからは音楽が流れていた。家のどこにいても、母と秀子の話す声がさざめきのように聞こえる。家族の気配を感じながら、過ごす時間が、どれだけ優しく心落ち着けたかわからない。

父の吸う煙草のにおい、家族で囲んだ食卓、秀子が踏むミシンの音、母が口ずさむはやり歌、そういうたくさんの、ささやかで、ありふれたものが、この「家」だった。焼けたのは建物じゃない。そういうたくさんの、ささやかで、ありふれた、けれど、かけがえのないものが、焼けたのだ。

それらはもう「昨日」の景色になった。二度と戻ってこない。

変わり果てた両親の姿を前にして、「その時」が来たのだと知った。

戻れない橋を渡ったのだ。

昨日までの当たり前の景色は、川の向こう岸にあって、戻ることはできない。

ただ眺めるだけだ。

過去の優しい時間として。

だが、まだそれを「思い出」と呼ぶことはできない。そう呼ぶには早すぎる。失ったことを、まだ受け止めきれない。まだ、とても。

直江の震えがやむまで、景虎はそばから離れなかった。

さんざん自分を責めて責めて責め尽くしたであろう、直江の悔いが、景虎にはわかりすぎるほどわかる。あと一時間早く帰っていたら、あの時、秀子の思いやりにほだされたりしないで席を立っていれば、珈琲なんか頼まなければ、すぐに帰っていたら。

一杯の珈琲を、あきらめていれば。

両親を救えたかもしれないのに。

「……終わったことだ」

ピリオドを促す景虎の言葉を、直江は必死に首を振って跳ね返す。

どうにかできたはずだ。どうにか。

こんなふうにはならないで済んだはずなのだ。

「終わったんだよ」

「終わってない……」

「終わったんだ」

直江は焼け跡の土を摑んだ。

焼けて消し炭になった「昨日」を握りしめて、心の中で泣き叫んだ。

家々に明かりが灯り始めていた。

近所の家にも、いつもの明かりが灯り始めた。

家路をたどる時、当たり前に眺めていた明かりだ。周りの暮らしはいつもと変わらないのに、自分の家の敷地だけが日常から取り残されたように、ぽっかりと闇に沈んでいる。

まだ現実味がない。

「……秀子さんに、今月分の給料を払わないとな」

どれほど経った頃だろうか。直江がぼんやりとつぶやいた。

景虎が見届けたように立ち上がった。

「……身の振り方が決まったら、連絡しろ。家が見つからなければ、松川神社に行け」

「………。なぜ、ここに来たんですか」

景虎は答えない。その背に向けて、直江は言った。

「私を慰めるためなんかじゃないでしょう」

「………」

「嘲笑いに来たんですか」

「《調伏》するために決まってる」

直江は息を呑んだ。景虎は振り返らず、

「こんな惨い死に方をしたんだ。未練を残して怨霊になっていてもおかしくない」

「両親を《調伏》するために来たんですか」

「他にどんな理由がある。おまえだって、そのために来たんだろう」

「両親を《調伏》なんて、できるわけないでしょう！」

するると、景虎は一瞬惚けた。そして、肩を揺らし始めた。

「く……はは……ははは！」

「なにがおかしいんです」

「買いかぶった」

「え」

「どうやら、またおまえを買いかぶってたみたいだ。てっきり両親の霊に引導を渡してやるために来たのかと思ったのに」

直江の顔が瞬時に強ばった。景虎は嘲笑するように直江を見、

「感傷に浸りに来たのか。やっぱり自分のことしか考えてないじゃないか。悲劇の主人公気分で、自分を哀れんでいただけじゃないか」

「ちがう！　私は！」

「親の退治もできないなら、夜叉衆なんかやめちまえ。そうだ。死んだ親を殺すんだ。オレたちの仕事はそういうことだ。手にかけられないだなんて、甘ったれたことをほざいていられる

神経がわからない」

「《調伏》……したんですか。両親を」

「親だろうが子だろうが、怨霊は怨霊だ。オレには関わりない」

「《調伏》したんですか！」

景虎はきびすを返して、言った。

「……そういえば、おまえには他人を換生させる力があったんだっけな」

「！」

「そんなに嘆くなら、親孝行と思って、養父母を換生させてみたら、どうだ。そうしたら、少しはおまえのその、独善的な罪悪感も、軽くなるんだろうよ」

直江の表情に怒りが滲み始めた。

「あなたというひとは……」

景虎は肩越しにちらりと見、煙草を取りだした。

「……換生でも《調伏》でもいいが、怨霊ではいさせるな。あとで面倒になる。おまえの責任でやれ。いいな」

それだけ言い残すと、景虎はちらつく街灯の向こうへと、去っていった。

突き放された直江は、怒りをこめて、その背中を睨みつけるばかりだ。

「……あなたには、さぞ滑稽に見えるんでしょうね……」

景虎もかつて自分の家族が殺されたが、取り乱しもしなかった。誰かに怒りをぶつけることもしなければ、自分を責めて泣きわめくこともなかった。

だが、直江は、彼のように超然とはなれない。

直江は手にしていた父親の湯飲みを胸に一度抱きしめてから、地面に叩きつけた。

湯飲みは乾いた音を発し、粉々に割れた。

*

「それで結局、出火原因はわからないままか」

一週間後のことだった。

宮路写真事務所にやってきた景虎に、安田長秀が言った。窓の外は、雨で煙っている。ああ、と答えて、景虎は苦くて渋い珈琲を飲んだ。

「大きな爆発音が聞こえたという証言があったから、プロパンガス爆発からの出火、と当初は見られていたようだが、ガス爆発にしては窓や物が吹っ飛んだ形跡がないし、出火場所とみられるところも玄関のあたりだったから、消防も頭を悩ませているようだ」

「放火の線は」

　景虎は黙ってしまう。

　長秀はブロアーを扱う手を休めて、回転椅子（いす）ごと、こちらを向いた。

「何か心当たりでも？」

「爆発で吹き飛ばされたわけでもなく、ただの失火で、ふたりも焼死するのはおかしい。夜間ならともかく、昼間の時間帯で家の者が逃げ遅れるような状況でもない。よほど火の回るのが早かったのでなければ」

「つまり？」

「これだ」

　景虎が紙袋から取りだして、テーブルに置いたのは、掌に収まるほどの獣（けもの）の頭蓋骨（ずがいこつ）だ。頭の部分に「浄化済み」の御札が貼（は）り付けてある。

「これは？」

「焼け跡に埋もれていた」

「犬？　猫？」

「犬の頭蓋骨だ。消防は火事に巻き込まれて焼死したとみたようだが、笠原家は犬を飼ってはいない。火事で焼けたものでもない。見ろ、ここに梵字（ぼんじ）の呪句が刻まれている。これは猟犬（りょうけん）の首を生け贄にした呪詛だ」

「呪殺？　……笠原の家の火事は、呪殺だったたっていうのか！」

思わず身を乗り出した長秀に、景虎は神妙にうなずいた。さらに上着のポケットからハンカチを取りだし、包んでいたものを見せた。

「呪石だ。使用済みで力は抜けているが、名残がある。おそらく結界に用いた。もしかしたら笠原夫妻はこいつで殺されたのかもしれない。あらかじめ殺した後、火をつけた」

さしもの長秀も、重苦しく黙り込んでしまった。

「それ、直江は知ってるのか」

「言ってない。言えるわけがない」

そうでなくても両親焼死のショックから立ち直れていない直江だ。あの日、景虎が焼け跡を訪れたのは、霊査するためだったのだ。初めから呪殺を疑っていた。

「病院開業のごたごたで誰かに恨まれていた、とか？」

「だとしても、現代人が呪殺だなんてまどろっこしいやり方を、いちいち用いるか？」

「とすると、やはり……」

その先は言わずとも自明とばかりに、長秀は視線だけ上げて、景虎を見た。

「つまり……本当の狙いは、直江だった？」

景虎は足を組んだまま、長秀の視線を受け止め、やがて珈琲に映る自分の顔を見た。

長秀は深く溜息(ためいき)をついた。

「それで？　笠原夫妻の霊は？」

「ひとまず、焼け跡にはいなかった」

霊査した限り、ふたりの霊は現場の近くにも病院や関係者の近くにもいなかった。

「成仏(じょうぶつ)したのならいいが、そうでないとしたら……」

「……。面倒っつーのは、そういう意味かよ」

肉体が死んでも「霊」という存在の仕方がある限り、「浄化(じょうか)」「成仏」していなければ、本当に「死んだ」とは言えない。まだ「迷っている」可能性も充分あった。

「そりゃ直江にゃ言えねーな」

「そうでなくても自分を責めてる。真相を知ったら、思いあまって首吊(くびつ)りかねない」

この状況だ。直江も薄々勘づいているかもしれない。両親は巻き込まれただけだ、といつかは知ることになるとしても、いまの憔悴した直江の神経でその事実に耐えられるかどうか。

「それで直江が自分を責めすぎないよう、わざわざ矛先(ほこさき)をこっちに向けさせたってわけか。そのために憎まれ口まで叩いて、親切なこったな、大将。そういうのを過保護っていうんだぜ」

「なんでもいい。今は直江まで戦線離脱されては困る」

突き放すように言う景虎を、長秀は物言いたげに見つめている。

景虎は窓ガラスに雨が滴るのを眺めている。景虎が何を思っているか、長秀には読み取れる。

加瀬家の人々も、織田に殺された。

いつかまた繰り返されることを、景虎は何より恐れていた。だから、心配してもいた。忠告したこともある。

「……ほらみたことか、とは言わないのかよ」

長秀は揶揄気味に言う。景虎は目を伏せ、

「それを言うのは、残酷だろ」

「…………」

「尚紀が両親に与えるはずだったものも背負って、両親に尽くす。そう決めたのは、他でもない。直江自身だ。そのリスクも重々わかっていたはずだ。それでも選んだ。それを選ばずにはいられない。それが直江だからだ」

直江は自分が「欲」を出したことへの罰だと言った。

だが、それがあろうがなかろうが、直江は尚紀を背負ったはず。

「あいつには、切り捨てることができないんだ。だからこそ、そうなる前に無理矢理にでもオレが引き離してやるべきだった。それが言えるのは、オレだけだった。心を鬼にしきれなかった。甘かったのは……、オレのほうだ」

　今回のことで景虎はそれを表には出さないが、よほどこたえている。胸の内を吐露することを自体珍しい。たぶん長秀以外の前では口にしないだろう。

　直江の選択を尊重してやりたい。それが直江という男なら黙って呑み込んでやりたい。そういう思いがある一方で、自分は厳格な父親でなければならないという思いもある。夜叉衆の大将権限を振りかざし、直江に憎まれてでも「その生き方は認められない」と言い、初生人である家族を切らせていれば、こうはなっていなかった。

　どちらにも徹しきれない優柔不断が、招いた結果だと。

　景虎は思っているようだった。

「まあ、そうなんだろうよ」

　長秀は同情しない。慰めもしない。

「てめえが甘いんだよ。景虎」

「おまえには言われたくない。長秀」

「そう思うんなら、後悔なんかしてないで、起きたことごと、呑み込め」

　長秀は珍しく真顔で言った。

「おまえは、直江の生き方を呑み込んだ。だったら、今度のことも全部呑み込むしかねえんだよ」

　景虎は目を伏せた。口元を歪めて笑った。棘を呑むような気分だ。いや、棘どころではない。

（……まるで針の束だな）

「で、どうすんだ。これから」

「次の攻撃に備える。《軒猿》に探索させている。実行犯は、見つけ次第《調伏》する」

「生き人だったら？」

「殺しはしない。が、記憶を消す」

　できるよな、と景虎が問いかけた。長秀は大袈裟に肩をすくめ、

「おいおい。催眠暗示は万能じゃないんだぜ。そんな都合よく手加減して消せるかよ。メシの喰い方も歩き方もわからなくさせちまうどころか、最悪、人格崩壊か錯乱しちまうぞ」

「それでもいい。それも罰のうちだ」

「徹底してんな。だが、それだけじゃ蜥蜴のしっぽきりになるぞ」

「むろん、それだけでは済まさん」

　景虎は目に不穏な色を浮かべた。

「やられっぱなしではいない。関わった全ての人間に後悔させてやる」

　暗い執念を滲ませた景虎に、長秀はまた戦慄を覚えた。この頃、景虎はよく、こういう目を

してみせる。血も涙もない独裁者が見せるような、残忍で、偏執的な眼差しだ。

強さというものが本質的に宿す残虐性を、景虎は隠さなくなってきた。

「…………。信長を《調伏》すんのか」

「当然だ」

「暗殺者になれと?」

「そうだ」

「記憶を消せ、とは言わないんだな」

景虎は無表情になって、また針を呑むような目をした。その程度では駄目なのだ。きっと。断ち切って断ち切って、もう何も感じなくなるくらいにならなければわずかに残したその願いこそが、いずれアキレス腱になる。

「奴は怨霊だ。《調伏》対象だ。換生を見逃せば、怨霊がこの世にあることまで見逃すことになる。換生者は殺す。殺して《調伏》する。生人不殺の原則は、換生者には当てはまらない。換生者は怨霊、怨霊即《調伏》、《調伏》するために殺す」

「それが答えか」

「そうだ」

「生かしておくことはしない。換生者は殺していいんだな」

「ああ」

「自分たちは棚にあげていいのだな？」

長秀の試すような念押しに、景虎は不遜な目つきになった。

「オレたちは狩人だ。怨霊調伏をするから換生を許される。つまり」

と言い、両手を目の高さで組んで、宙を睨んだ。

「それ以外に見いだした生きがいだの野心だのは、すべて幻だということだ」

ガラスを打つ雨音が聞こえる。天井ファンが単調に空を切り続ける。

長秀には自虐のように聞こえたのだろう。

「それは違うんじゃねえのか」

ちがわない、と景虎は呟いた。

「信長は、死者でありながら、未来をこじ開けようとしている」

「………」

「それを止める理屈を立てるなら、同じ死者であるオレたちも、未来を望んではならない」

――織田を滅ぼさない限り、オレたちは未来を語れない。

マリーの夢、直江の野心、勝長の希望、長秀の自由……。そういうものに道を通してやるために。この戦いに勝つ。勝って、終わる。

その誓いは決定的な矛盾を孕んでいることに、景虎は気づいてしまった。

時代が移り、社会が大きく姿を変え、人々の価値観も劇的に変貌していく中で、今までの四百年とは全くちがう「新たな道」が開けるのではないか、と期待して模索して、あがいてきた。だが、目の前に突きつけられるのは、厳とした壁だけだ。

自分たちの未来を語ろうとすれば、信長たちにも未来を許さねばならなくなる。そうなったら、自分の存在を担保する正義のありどころを見失う。

笠原の両親の死は、景虎にそんな矛盾を突きつけた。

堂々巡りだ。ここが地底であることに変わりはない。

心のどこかで「仲間を未来へと通すため」という理由ならば、自分を支えられる気がしていた。それを否定するのは、景虎にとって「新たな道」も奪われたことに等しかったのだ。

「……直江より、おまえのほうがこたえてるように見えるぜ、景虎」

長秀が珍しく、思いやるようなことを言った。窓辺に立って苦い珈琲を飲みながら、長秀は雨だれに滲む街を見つめた。

「おまえの夢ってやつ、そういや、聞いたことがなかったな……。景虎」

「………」

景虎はカップを置いて、立ち上がった。

「明日、晴家（はるいえ）の見舞いに行ってくる。何か伝言は」

「まだ話せねえのか。あいつ」

「色部（いろべ）さんのところで、リハビリはしているんだがな」

「声を奪われた夜啼鳥（よなきどり）……か」

長秀は冷蔵庫の扉を開けると、冷やした水ようかんを取り出し、景虎に渡した。

「晴家の好物だろ。もってけ」

景虎は受け取った。

「……きっと喜ぶよ」

＊

園内には、子供たちの歓声が響いていた。

松川神社の近所には、養護施設がある。様々な理由で親と離れた子供たちが暮らしている。

その庭に、マリーの姿があった。水たまりをよけながら、子供たちと一緒になって、月光（げっこう）仮面ごっこをして遊んでいる。テレビ放送は終わったが、少年たちの間ではまだ遊びのネタになるくらいには人気があるようだ。

マリーは声は出ないが、満面の笑顔は明るい。敵役になりきって、話せなくても、身振り手振りで意思疎通ができるのだろう。

景虎はフェンス越しに、そんなマリーを見つめていた。

「ああやって子供たちの相手をしていると、気が紛れるんだろうな……」

「色部さん」

振り返ると、勤務帰りの色部勝長がいた。ちょうど路面電車から降りてきたところだった。手にはいつものアタッシェケースを持っている。ネクタイをゆるめ、みやげだと言って、大きなバナナを差し出した。

「これは？」

「患者の家族から差し入れでもらった。うまいぞ」

この時代、バナナは贅沢品だ。景虎は受け取った。

「晴家の声、少しは回復したんですか」

「いや……。晴家の発声障害は、強い精神的圧迫を受けたせいだと担当医師が言っていた。回復するには、できるだけ穏やかにして精神の安定をはかり、心軽やかに過ごして、圧迫源になった出来事を忘れるのが一番だと」

晴家が声を失ったのは、レガーロでのラスト・ステージのあとだった。

まるで鳥が声を奪われたとでもいうように、ステージを降りた晴家は、言葉どころか、声すら発することができなくなっていた。

「戦地帰りにも、たまにいるんだそうだ。そういう患者を何人も診てるそうだから、任せておけばいずれ、ゆっくりではあるだろうが、声も出せるようになるだろうと」

「……………。そう、ですか」

景虎は金網にかけていた指に力をこめた。勝長が気遣い、

「おまえのせいじゃない。いずれは去らなければならなかったんだ。晴家だって、執行さんたちをこれ以上巻き込みたくないと思っていたさ。おまえが責任を感じることはないんだよ。景虎」

慰めは、あまり景虎の心には届いていないようだった。すると、そんなふたりを驚かせるように、子供たちの歓声がひときわ高く上がった。マリーがようやくふたりに気づいて、駆け寄ってきた。

《……来ていたのね。ふたりとも》

夜叉衆同士は、思念波での会話に慣れている。だから、声が出せなくてもやりとりに不便はなかった。

「体の調子はどうだ。また臥せってたそうじゃないか」

《今日は調子がいいの。雨もあがったし、たまには外に出ないと》

精神的な不調は、声だけでなく、倦怠感や微熱になって体に表れていた。だが、心配をかけたくないのか。ふたりの前では明るく振る舞う晴家だ。

「長秀が、おまえの好物の水ようかんを差し入れてくれたぞ。冷蔵庫に冷やしてある」

《まあ！　長秀にしては気が利いてるのね》

すぐに子供たちが集まってきて、晴家の腕を引いた。またあとでね、と言い、晴家は子供たちの輪の中に戻っていった。

《力》を使えない一般人には、思念波で話しかけるのはタブーだが、言葉になどしなくても子供たちの柔軟な魂は自然と以心伝心しているのだろう。晴家もまた、子供と一緒にいるほうが元気になれるようだった。

「《力》は使えるんですよね……」

「ああ。だが《調伏》はできないな。当面」

《調伏》は印を結び、真言を唱えなければならない。肉体持ちでなければ《調伏》ができないというのは、そのためだ。

密教呪法は精神だけでは成り立たない。形を表し、物理的に外界へと働きかけることで成り立つ。声を発して振動を生み、印を結んで秘密の形を作り出すことによって、自然界から仏法力を抽出するのだ。

　それができない肉体では、《調伏》は取り扱えない。

「それでも晴家の霊査能力は、不可欠です。サポートに徹しさせます」

「早く心の傷が癒えるといいが……」

　景虎は、だが、うっすらと察している。

　マリーから声を奪ったのは、朽木……いや信長に違いない。信長のもとに行かなければ、彼女の声は戻ってこないだろう。

　そこへ松川神社のほうから、宮司姿の八海がやってきた。

「景虎様。例の件、裏が取れました」

　子供の歓声がいっそう高く響いた。だが、その明るさと裏腹に、景虎の眼差しは不穏さを帯びた。冷血な司令官の目つきになって、景虎は答える。

「社務所で聞こう」

　松川神社の社務所には、隠し扉の向こうに地下室がある。

　小さな裸電球だけが灯る、コンクリート壁に囲まれた暗い部屋だ。

　天井から、吊るされている男がいる。

六王教の信者だ。景虎が命じて捕らえさせた。鉄格子のはまった部屋には、尋問用の道具が置かれている。両手首を縛られて天井から吊るされ、尋問を受けている。その男は、笠原家への呪殺に関わった容疑がかかっていた。景虎が扉を開けて入ってきた。

中には《軒猿》のひとり、八神がいた。

「景虎様」

「認めたのか」

「ええ、ようやく」

男はぐったりしている。バケツの水を何度もかけられたため、頭からずぶ濡れだ。景虎は男の前に立ち、その顎を乱暴に摑んで上を向かせた。

「ずいぶんしぶとかったようじゃないか。そこまでかばい立てするほどの相手か」

「の……のぶながこう……万歳……さからう者に……死を……」

譫言のように呟く。その文言が、催眠暗示よけなのだろう。自白剤を打ってようやく吐かせたほどだ。副作用もあって意識はもうろうとしている。稀に効き過ぎて、いらないことまで支離滅裂にしゃべり出すこともあるが、そうならないところを見ると、薬物耐性があるのだろう。

「信長はいま、どこにいる」

「……のぶなが……公……に逆らう者には……死……を」

景虎が物も言わず、男の頬を張った。

「どこにいると聞いてる」

間近からその目を覗き込んだ。

「答えろ。答えなければ、おまえの脳の襞をひとつひとつかき分けるぞ」

「う……あ……」

「信長の居所はどこだ」

景虎の残忍な瞳が、まともに男を捉えた。まるで心の奥底までえぐりだすような視線だ。次第に男は動揺し、幻覚でも見えたのか、あからさまに怯え始めた。

「……やめろ……やめてくれ……ちかづくな、怪物……！」

絶叫がほとばしった。

錯乱したように叫び散らす。異様なほどの怯え方だ。景虎は冷淡にそれを眺めて、八神に顎で合図した。外で待っていた八海が「恐れながら」と景虎に言った。

「これ以上の催眠暗示は、危険かと」

「信長に関することだけは錠前がかかっていて、口に出したら精神崩壊か。信長め……」

扉をくぐって、景虎は外に出た。

「まあいい。六王教に関することだけ、搾り取れるだけ搾り取れ。八神。薬物はもう十分だ。

そのかわり、死なない程度に痛めつけろ。楽にはさせるなよ」

「御意」

拷問も辞さない。陰惨になることを、景虎は躊躇しなかった。

八海を伴って階段をあがりながら、景虎が言った。

「例の作戦だが、明後日に決行する」

「明後日ですか」

「まずは川崎からだ。調えておけ」

承知つかまつりました、と八海が答えた。景虎の目は、酷薄なままだ。

(正義のヒーローか……)

子供たちの歓声を遠くに聞きながら、煙草に手を伸ばした。

「くそくらえだ……」

*

その三日後――。
川崎にある新興宗教の寺院に何者かが押し入った、との記事が新聞に載った。襲撃者は本堂を破壊し焼失せしめ、多数の信者に怪我を負わせたという。

犯人はわからない。だが、寺院から逃げ出してきた信者の中に、家族からの捜索願が出された行方不明者が多数見つかり、宗教団体が不当な身柄拘束をしていたとの疑いがかけられた。その上、焼け跡からは多数の武器も押収された。

数々の犯罪容疑をかけられながら、なかなか捜査の手を入れられずにいた団体だ。大崇信六王教、という六文字が躍ってる。


「景虎め……。ようやく本気を出してきたじゃないか」

駅の売店で買った新聞を、ホームのベンチで広げているのは、おかっぱ頭の若い男だ。白い肌にきれいな顔立ちで、一昔前の書生のような格好をしている。が、かぶっているのは学生帽というわけではなく、黒い山高帽だ。気位の高そうな顔つきだが、どこか捉え所がない。

目の前を貨物電車が通過していく。

ホームに風が吹き、黒コートの裾があおられた。

高坂弾正は帽子を押さえて、ほくそ笑んだ。

「報復は、六王教の教堂潰しか。ふふ。面白くなってきた」

これが皮切りとなった。

各地にある六王教の寺院が、次々と襲撃を受けた。

襲撃の目的は、徹底した破壊だ。

六王教の堂には必ず強力な結界が張ってある。《鬼力(きりき)》と呼ばれる力を用いて、仏法力をことごとく妨げる。これを打ち破るには結局のところ、物理的な破壊が一番効果的だった。

実力行使だ。結界の支点を破壊して、消滅させる。破壊行為を行うとなれば、火器もいる。怪我人だけでなく、下手(へた)をすれば、死人を出す可能性もある。

だが、景虎は躊躇しなかった。

牙(きば)を剝(む)いた虎(とら)は、たとえ相手が生き人の教団員であっても、容赦(ようしゃ)しなかった。時を同じくして、教団の資金供給ルート上にある事業者や企業関係者が検挙された。

——報復だ。

言葉通り、景虎は本格的に六王教潰しに乗り出したのだ。

——全面戦争になる。だが、もう避けては通れない。

破壊活動に身を投じる。テロリストも同然だ。非合法な裏社会の住人となることを、自(みずか)ら選択したのだ。

教堂潰しは、その嚆矢(こうし)となった。

日なたの世界には、もう戻れない。それも今更だった。

もとより、この人生に未来があるとは思っていない。

＊

「笠原くん……！　笠原くんじゃないの！」

　東都大学の構内は、下校する学生で溢れていた。日が延びたので、五限が終わっても、まだあたりは明るい。夕焼けに照らされたキャンパスには、夏の気配が漂い始めていた。

　事務局の入った建物から出てきた尚紀を見つけたのは、吉岡恵美子だった。

　動物の慰霊碑が立つ丘の前で追いついた恵美子は、勢いよくすがりつくように、尚紀の腕を捕まえた。

「ずっと心配してたのよ！　お葬式からこっち、全然、大学に来ないから……！」

　久しぶりに会う恵美子は、髪も伸び、すっかり大人びた雰囲気になっていた。笠原尚紀と会ったのは、彼の両親の通夜以来だ。学友たちと参列し、精進落としのあとで短い挨拶を交わしたが、それ以上の会話はできないままだったので、ずっと気にかけていたのだ。

「吉岡さん」

「その後、少しは落ち着いた？　いまどこに住んでるの？」

尚紀は見るからに変わり果てた。頬は削げ、どこか若さを失って、自分よりずっと年上の男のように見えた。まだ喪に服しているためなのか、全身黒い服に身を包んでいる。その手には大きな旅行カバンを持っている。ファスナーの隙間から白衣が覗いていた。重そうなカバンの中身に気づいて、恵美子はさっと表情を変えた。

「笠原くん……。まさか」

「ああ」

尚紀は小さくうなずいた。

「退学届を出してきた」

「うそよ！」

恵美子が悲鳴のような声をあげた。

「どうして？　なんで退学する必要なんてあるの！　だって病院は笠原くんが継ぐんでしょ？　お医者さんになるんでしょ！　そのためにここまで勉強してきたのに……っ」

「病院のことは全部、親戚に任せることにした」

尚紀は遠い目をして、慣れ親しんだキャンパスの景色を眺めた。

「俺はもともと養子だからね……。跡を継ぐと言っても、血の繋がった息子じゃないし、病院の経営のことがわかるわけでもない。親戚に財産のことであれこれ言われるのも煩わしいだけだから」

「だからって……っ。医者になるのは夢だったんじゃないの？　志はどうしたの！」

「……志か。今となっては本当に志があったのかどうかも、わからない」

「笠原くんなら、誰よりも優秀で、いい医者になれるって！　私、ずっとそう思ってきたのに……！」

とうとう恵美子は興奮のあまり、こらえきれずに涙を流し始めた。

「ねえ、考え直して！　今ならまだ受理を取り消してもらえるかもしれない！　もう一度、冷静に考え直して……！　お願い！」

恵美子はすがりついて人目も気にせず、泣き始めた。他人から見たら、痴話げんかでもしているように見えただろう。

「びっくりだ……」

尚紀は本当に驚いている。

「俺のために、泣いてくれる人がいるなんて……」

「泣くわよ、笠原くんのためなら、私いくらだって泣くわよ。こんなのひどい。神様は血も涙もないんだわ。どうして笠原くんがこんな目に遭わなきゃいけないの？　戦争で実の両親もなくして、養いの両親もなくして……あんまりじゃない！　あんまりすぎるじゃない！」

恵美子は号泣した。あまりにも堂々と号泣するので、尚紀は困惑していたが、自分が泣けない分も、恵美子が泣いてくれているようにも思えてきて、暗く凍りついていた心がゆっくりと溶けていくような気さえした。

「そうだ……。そうだよね。吉岡さん」

「笠原くん」

「なんでこんなことになったんだろう。悪い夢でも見てるようだ……」

だけど、この夢は醒めない。醒めない夢こそが現実なのだと、毎日目覚めるたびに思い知らされてきた。そして、

——終わったんだ。

景虎の言葉が胸の奥底までしみこんだ頃、目に映る日常の慣れ親しんだ景色の数々が、やけに鮮やかで美しく感じられるようになっていた。

「ここは……この大学は、まちがいなく、俺の青春の場所だったよ」

短い時間だったけれど、医大生として学友たちと机を並べて勉学に励んだ。友達なんて呼べるものは一握りだったけれど、楽しい思い出が全くなかったわけじゃない。日々息を切らしてのぼりおりした急坂も、学食のにぎわいも、慰霊碑の静かさも、実験室の緊張も、学祭での大騒ぎも、いまとなっては、七色に光るガラス玉のように、かけがえのない大切な思い出だ。

「尚紀」が過ごすはずだった、青春が詰まっている。

直江は風に吹かれて、自らの中で脈打つ心臓の鼓動を感じてみた。「尚紀」がいた頃から、よどみなく鼓動し続けた心臓を、初夏の夕風に晒した。

終わってみれば、それらは全て「尚紀」のためにあったような気さえする。

直江は自分の左胸にそっと手を当てて、語りかけた。

「これで少しは尚紀も……満足してくれただろうか」

「え？」

奇妙な言い回しに、恵美子は怪訝な顔をしたが、直江は何も語らなかった。

「ありがとう。吉岡さん。もう大学には来なくなるけど、これで二度と会えなくなるわけじゃ……」

ない、と言いかけて、直江は呑み込んだ。安易に約束できる立場ではないことを思い出したのだ。また会える、とこの口からは言えなかった。

直江は口を閉じ、目を伏せて淋しく微笑した。すると、かわりに恵美子が、

「会えるわ！　またすぐに会える。会いに行くわ！　手紙をちょうだい。くれなくたって探し出す。絶対会うわ。私たちは会うわ。だって私は、ずっとずっと笠原くんのことが……！」

直江は目を瞠った。

言葉にする前に気持ちが溢れてしまい、恵美子はもうどうにも仕方がなくて、直江の胸に顔を埋め、声を押し殺して泣いた。直江にも、その気持ちは届いた。しみ渡るように届いた。

「ありがとう。吉岡さん。忘れないよ」

「いかないで」

「忘れないよ」

「忘れてもいいから、いかないで」

「忘れない」

直江はようやく恵美子の肩に手をかけた。

その手のぬくもりに驚いたように顔をあげた恵美子へと、直江ははじめて、優しく微笑みかけることができた。

「さよなら」

一冊の本を閉じるような気持ちで、直江は大学に別れを告げた。
医大生・笠原尚紀の日々は、今日ここにピリオドを打つ。
家族のこと、友人たちのこと、愛しい思い出の全てに封をして、
直江はひとり、長い長い影が伸びる夕焼けの下り坂をおりていった。

第二章　東京霊都化計画

一九六〇年も、師走となった。

安保反対運動で騒然とした街も、学生たちによる六月の国会乱入での流血騒動をピークに、急速にしぼんでいった。新安保条約は発効し、岸内閣は退陣した。

次なる政権を担った池田内閣が打ち出したのは「所得倍増計画」というものだ。

国民がより豊かになることを一番として、世間を席巻するスローガンも、あっというまに「安保反対」から「所得倍増」に切り替わった。

街には、清潔なポリバケツが並んでゴミ収集車を待ち、舗装化も進み、若者の腕には「椰子にしがみつく子供」を模したビニール製の人形が巻き付いた。

経済成長率は、驚異の二十％に達し、右肩上がりの成長を遂げている。

街を行き交うのは、着飾った人々だ。

年の瀬が近づいていた。

岐阜日報の滝田晋作が、加瀬賢三と再会したのは、銀座のとんかつ屋だった。

路地の奥にある小さな店で、銀座にしては安く定食が食べられると評判だった。滝田の行きつけで、給料日にだけヒレカツ丼を食べると決めていて、今月のこの日を楽しみにしていた。

「加瀬……？　おい加瀬じゃないか」

はじめ滝田は気づかなかった。カウンターのふたつ隣の席にいたにもかかわらずだ。風体が著しく変わった、というわけでもない。なのに、気づかなかったのは――。

「滝田か。久しぶりだな」

「連絡もよこさないで、おまえ今どこで何やってんだ」

「しばらく東京から離れてた。色々あって」

「少し見ない間に人相悪くなったな」

剣呑とした雰囲気は昔からあったが、以前はまだどこか飄々としたところがみられた。しかし今は、暗い緊張感を孕んでいて、目だけがやけにギラギラとしている。

事件記者を長年やっている滝田は、これがどういう種類の人間に共通する空気か、よく知っている。闇の業界や裏社会、そういう日陰でうごめいている住人特有の、空気だ。

「昔からだろ」

と加瀬はカツ丼を口に運んだ。ところが、滝田には観察力がある。

「メシの喰い方が、ちがうんだよ」

「？」

「日なたで稼いでるやつは、喰い方もあっけらかんとしてる。俺みたいにな。だが、やましいもんを抱えているやつは、無防備にメシは喰わない。次の一口を呑み込む前に、敵に襲われるかもしれないから、ろくに味わっちゃいない。そういう顔をしてる」

加瀬は苦笑いした。唇が皮肉そうに曲がっていた。

「ありがたい講釈だな」

「……警察に追われてるのか」

滝田が躊躇なく問いかけた。

「六王教の本部を吹っ飛ばしたのは、おまえなのか？」

加瀬がぎろりと滝田を睨みつけた。その目の威圧感が半端でない。呪いでもかけられたかと思うほどに、殺気が凝縮している。

二カ月前のことだ。六王教の本部で謎の爆発事故があった。建物が半分吹き飛んで周囲に被害を出していたが、いまだに犯人が見つかっていない。六王教はこの半年で関連施設が六カ所も何者かに破壊されていた。攻撃されたと言ってもいい。

滝田は怯まない。事件記者の矜持にかけて睨み返した。

「……………。おまえら戦争でもしてんのか」

六王教だけではない。阿津田商事の界隈でも、まるで暴力団の抗争かと思うような、破壊的な事件が頻発している。

景虎は無視してテーブルに代金を置くと、「ごちそうさん」と言って店を出て行く。

滝田は「まったくこいつは」と腹でなじり、食べかけのヒレカツ丼もそのままに、泣く泣く自分も代金を置くと「つりはいらねえ」と言って、慌てて加瀬の後を追った。

「逃げるな、おい逃げるなって、加瀬」

追いついて腕を摑んだ。一度は振り払われたが、今度は放さなかった。滝田のごつい手に二の腕を摑まれて、加瀬は嫌そうな顔をした。

「はなせ。まきこまれるぞ」

「あいつらだろ」

滝田が目線だけで、背後のほうを指した。刑事がいる。加瀬は尾行されていた。

「面白い話がある。呑んで話そう」

そう告げて、滝田が連れて行ったのは、老舗のバーだった。

戦前から営業しているその店は、かつて連合艦隊の司令長官・東郷平八郎も通ったという。二階の席に連れ出したのは、吹き抜けになっている店の全体が見渡せるからだ。他の客に背を向けず、なおかつ全体を視界におさめることができる。

席についた加瀬に、滝田はカバンの中から、おんぼろの手帳を取りだし、テーブルに置いた。

「ほらよ。おまえが欲しいのは、こういうやつじゃねえのか」

加瀬は手帳の中を見た。はっと目を瞠り、ページを素早くめくった。

「これは」

「建設省がらみの政界工作で阿津田商事から動いてた裏金の流れだ。ほんとはスクープを取りたかったんだが、上の人間に止められた。うちごとき地方新聞社が扱う案件じゃないって。……びびったんだろうな」

「建設省……」

加瀬にはすぐにぴんときた。

「例の首都高速道路建設か」

滝田は「ご名答」とビールグラスを目の高さに持ち上げた。

「やっぱり把握してたか」

「阿津田商事と癒着してる議員が首都高のルートに執拗に口出しをしていると。用地買収に応じない地主に、脅しめいたことをしてると聞いてる」

「抵抗する地主んちに車を突っ込ませたり、放火したり……。どれも偶然じゃない。裏でヤクザもんを雇ってるって噂だ。そいつもひっくるめてネタを週刊誌にでも売ろうかと思ってた。本当は俺の文責で記事にしたかったんだがな」

もってけ、と滝田は加瀬に押しつけた。

「おまえが連中を潰すのに命かけてるのは、知ってる。なんかの役に立つだろ」

「なんでそこまでする?」

加瀬は神妙な目つきになって、問いかけた。

「オレたちはともかく、おまえはなんで、ここまでして六王教に」

「連中に家族殺されてるおまえに肩入れしたってのもある。それに奴らには、亡霊のにおいがするからな……」

加瀬はドキリとした。何を読み取られたかと思ったのだ。

「亡霊、というのは」

「戦争中に旗振り役をしてた連中のことだ。大陸から金塊背負って帰ってきたような連中が、甘い汁を吸うのは許せない。一時とはいえ、学生運動があんなに盛り上がったのは、そういう亡霊どもが甦る気配に、みんなが警戒した証だろう?」

滝田自身、かつては軍人だった。陸軍の情報部員だった。終戦を経て、激変していく社会を見つめながら、その底でうごめく亡霊の気配を鋭く嗅ぎ取っていたのだ。

「日本が米国からの真の独立を果たすために、いくら必要だと言われても、それが昔の日本への後戻りになるようなら本末転倒だ。六王教はそういう連中とべったりしてるじゃないか。それに、あの朽木とかいう黒幕」

加瀬の暗い目に一瞬、鋭さがみなぎった。

滝田はむろん、正体を知ってはいない。

「あの男には、危険な臭いしかしない」

(わかってるさ)

加瀬——景虎にも、それは十分わかる。

滝田が嗅ぎ取る危険な臭いを、景虎は誰よりも感じている。

ただし、景虎は、信長が戦前の日本に戻そうとしているわけではないことも理解していた。逆戻りを望んでいるのはたぶん、信長が「利用している者」だけであって、その彼らも、所詮は信長の掌の上にある。信長に感じる危険性とは、そもそも質がちがう。

(信長に感じる危険は、そういうものじゃなく——)

どうした？　と滝田に声をかけられ、景虎は我に返った。

「あ、いやすまん。滝田。おまえさんからもらう情報は、いつも役に立ってるよ」

「家族を殺された復讐(ふくしゅう)なんだろ」

滝田は、そう解釈しているようだった。

「六王教に殺されたことには、同情する。だが、おまえはそのずっと前から六王教を追っていた。岐阜で最初に会った時から。おまえ、どうして六王教と戦ってたんだ?」

「古い因縁(いんねん)だ。それだけさ」

バーにいるのに酒は飲まない。景虎はコーラを呑んでいる。

そんなところにも彼の変化を感じる。酒も入れられないくらい、肺が弱っているのか。

暗い目をぎらぎらさせて、体中に緊張感をみなぎらせて。

始終、臨戦態勢だといわんばかりの。

「……そういや、おまえ東京にいなかったって言ってたが、二週間ほど前に、うちの後輩の池田(いけだ)がおまえと新宿(しんじゅく)の飲み屋で会ったって言ってたぞ?」

景虎には心当たりがない。二週間前といえば、京都にいた。丸一カ月、織田(おだ)が仕掛けた怨霊(おんりょう)騒ぎと格闘していて東京には帰っていないので、新宿にいるはずはない。

「他人の空似(そらに)か?」

「いや、会ったって言ったくらいだからな。しかも、おまえから千円借りたって言ってたぞ」

景虎はますますいぶかしげな顔になった。二週間前に自分が新宿で金を貸した？

「それはオレじゃない。別の人間だ」

「そんなわけないだろ。池田はおまえを知ってるし、間違えっこない。話もしたって」

「酔って誰かと勘違いしたんじゃないのか？」

変だなあ、と滝田は顎に手をかけた。景虎になりすました男が池田から金を借りた、というならともかく、その人物は親切にも金を貸している。知り合いでもない者に千円（※現在の価値で一万円くらい）も貸すだろうか。

「こりゃ出ちゃったかな」

「なんのことだ」

「最近、巷で話題になってるんだ。ドッペルゲンガー現象」

学生の間で噂が広まっている。景虎も何かで耳に挟んだことはある。西洋のオカルトもどきだ。自分そっくりの分身が、この世にいるというものだ。しかも、ドッペルゲンガーに会ってしまうと、その者は数日以内に死んでしまうという。

「実際にそれで死んだ奴がいるらしいぞ。おまえも気をつけたほうがいいな。加瀬」

とはいうものの、滝田も本気にしてはいないようだ。

「しかし、この場合どうしたらいいんだ？　分身から借りた金は本体であるおまえに返せばいいのか?」

「オレが出した金ならともかく、財布を開いた覚えはない」

「そうか……。どうしたもんかな」

景虎の目線がふと、店に入ってきたふたりの男に止まった。急にまた硬い表情に戻って、出よう、と言った。

「刑事か?」

「いや。もっと厄介な連中だ。オレは先に出る。またな」

景虎はコーラ代とチャージ代を置いて、席を立った。

「おい、待て加瀬」

と言って滝田も追いかけようとした。が、滝田が会計をしている間に、景虎の姿は銀座の街に風のように消えていた。

行き交う人々の向こうには、ネオンが瞬くばかりだ。

冷たい夜風に吹かれながら、滝田は立ち尽くした。

陸軍時代から噂にだけは聞いていた「ウルトラ」と呼ばれる超人の存在。加瀬賢三に興味を持ったのは、それがきっかけだった。いまだに尻尾を掴ませない男だが、滝田にはわかる。やはり彼には、何かある。陸軍が長年その存在を探していた「超人」なのではないかと。

肉体を換えながら何百年と生き続けるという。人間であって人間ではない。だが彼がそういう男ならば、加瀬が纏う、あの解読不能な空気の理由も理解できる気がするのだ。

——底なし沼に咲く蓮の花のような……。

摑めたと思ったら、また遠ざかる。蜃気楼のような男だ。

いつかはその正体が知りたい。

だが、摑んだと思ったら最後、目の前から消えてなくなってしまうのではないか。

そうなってしまうのは惜しい。

互いに歳をとって老人になっても昔話をしながら酒を飲めるような、そんな友でいたいと思うが……。時折、明日にでもいなくなってしまいそうな、儚さを感じる。あんな殺しても死ななそうな男相手に何を、と自分でもおかしくなるが。

難解で不可解でいて、不思議な男だ。

滝田は夜のネオンの下で、立ち尽くしていた。

「おまえは、加瀬……。誰なんだ」

*

少しいない間に、東京の霊気は明らかに濃くなっていた。

地方からどんどん集まる労働者で、東京の人口は年々増える一方だ。

流入する働き手が東京で出会い、結婚して子供を産む。家庭は増え続け、住宅難を解消するために、街は郊外へ郊外へと広がっていく。

路面電車と一緒にオート三輪や自転車が行き交い、空を見上げれば、電線が五線譜のように横たわる。リヤカーを引いた豆腐屋がやってくると、夕食の支度をする主婦が、桶を持って集まってくる。子供たちは、自転車のタイヤを外した輪を転がして遊ぶ。ちょっとしたスペースがあれば、そこが遊び場になる。

その向こうには、建設中の高速道路の橋脚が規則正しく並んでいる。

景虎はその一本を見上げた。

東京は四年後に開かれるオリンピックに合わせて、高速道路を急ピッチで作っている。モータリゼーションの波とやらで、車はどんどん増えて、都心の道路は慢性渋滞が起きていた。そこで高架の車専用道路を作ることになったのだ。その一部は、かつての江戸城のお堀や水路に作られたため、用地買収の手間と費用を大幅に節約することができたという。それ以外では、地下にトンネルを掘ったりして、将来的には首都をぐるりと一周できるようになるという。

五十年はかかると言われたところを、たったの五年で成し遂げようというのだ。

すでに着工している場所もあり、工事は急ピッチで進んでいる。

「頭の上に道路か……。東京は、空までどんどん狭くなるな……」

「そうですね」

景虎の背後には、黒い服を着た男が立っている。

直江だった。

振り返らなくても、直江がいつのまにかそこにいたことは、わかっていた。気配でわかる。

そういう仲だ。

黒いコートに黒シャツに黒ズボン。暗がりでは埋もれてしまいそうなほどだ。橋の欄干にもたれていた景虎は、肩越しに直江を振り返った。

「また黒い服を着てるのか……」

両親の死から、黒い服しか着なくなった。養母が買いそろえてくれたデザインも色合いも洒落た服は皆、火事で焼けてしまったということもある。それから買う服は黒ばかりで、モノトーンの装いしかしなくなった。

「喪服のつもりか」

「……。別に。ただ、あれから黒以外は着る気になれないんです」

「ただでさえ気が滅入るのに」

と景虎は煙草を取り出しかけて、直江に取り上げられた。

「そんなに口淋しいなら、子供のように棒付き飴でもくわえていなさい」

「返せ」

「これ以上、肺を傷めたいなら吸うといい。肺活量もろくにない役立たずな総大将でいてもらうよりは、早めに今の体に見切りをつけて、健康体に換生してくれたほうが、こちらも助かります」

とりつく島もない口調で、ためらいもなく言う。

直江は辛辣になった。いつも眉間にしわを寄せ、笑みを見せる時があるとすれば、自嘲か皮肉を発する時だけだ。目は据わり、厳めしいほどに表情を変えない。冷徹な男になった。職務に忠実で、余計なことは話さず、感情を表には見せない。

そばにいると息苦しいくらいだ。

家族の死から、直江は変わった。氷のような眼差しをして、目に映るあらゆることに心を動かさないすべを身につけたとでもいうように。だからといって、鈍重というわけではなく、虚無に身を任せたということでもない。ブリキの鎧を捨てて、鋼の鎧を纏うようになった。

そして、若さを失った。

落ち着きが出たといえば聞こえはいいが、潑剌とした若い肉体も、精神を失えば、陰鬱に老いるという、いい見本だった。

「とっとと死ねってことか」

「あなたの周りには、きれいごとを並べる者などいくらでもいるでしょうが、私はあいにく楽天家にはなれません」

「悲観主義者でいれば、楽だろうよ。誰も信じない希望なんか、語らずに済むからな」

景虎は皮肉を言い、その先にある高架橋の橋脚を見やった。まだ工事中で、周りには足場が組まれている。鉄筋コンクリート製の橋脚は、最新の工法で作られていた。

「……あの一本も、あとはコンクリートを型に流し込めば、一丁あがりだ。まるで都会に並ぶ墓石だな」

「ええ、墓石ですね。まぎれもなく」

夜間なので、工事現場にも人影はない。景虎と直江は、川の中にそびえ立つ、すでにできあがった橋脚が間近に見られるところまできた。

「この上に橋桁(はしげた)があがれば、この川はもう一生、青空に照らされることはできなくなる」

「そして、へどろが溜まったどぶ川になる……、か」

景虎は口端を歪(ゆが)めて笑った。まるでオレたちみたいだな、と。

直江が皮肉を受け流して、言った。

「ダイナマイトは何本くらい、いりますか」

「そんなもん、いらない」

え？　と直江が景虎を見た。

景虎は静かに、完成したほうの橋脚を見やると、白い息をひとつ吐き、右手を差し伸べた。

その全身が、たちまち念のかたまりとなる。

次の瞬間、コンクリートに亀裂が生じ、どん、という衝撃音とともに砕け飛んだ。瓦礫になったコンクリートが次々と川に落ちて、波が立ち、近くに止めてあった作業船を大きく揺らす。

さらに橋脚内部の鉄筋がねじ曲がり、のたうちまわる蛇のように暴れ、次々と川へ倒れ込んでいく。激しい崩壊音とともに、橋脚は土台から破壊された。

景虎は含み気合いひとつ、あげなかった。

まるでマッチの火を吹き消すようなたやすさで、巨大な橋脚をひとつ、破壊したのだ。

これには直江も息を呑んだ。

（なんて男だ……）

景虎はここにきて、さらに力を増したようだった。

《調伏力》は神仏から授けられる力だが、《力》はその者自身の力だ。結縁者で換生者という、特異な条件がある分、普通の生き人よりも遙かに行使しやすい。にしても、だ。それを差し引いても、景虎の《力》は人間離れしている。

もちろん、《力》の生みやすさは、肉体の条件によるところも大きい。気を巡らせやすい肉体というのはあって、それらの条件が揃うと《力》の発現の仕方も大きくなる。

そういう意味で、加瀬賢三の肉体は、非常に《力》を生みやすい肉体であったろうが……。

それにしたって、強すぎる。

今まで景虎が換生してきた肉体の中でも、最強ではないのか。

（どこまで強くなるつもりだ、この人は……）

ダイナマイトを何本も使うような破壊で、息ひとつ乱していない。

（その気になれば、街ひとつ、壊せてしまうのではないか……）

破壊を見届けると、景虎はきびすを返した。

「さあ、次だ。今夜中にあと何本やればいい？」

下見にきたつもりだった直江は、舌を巻くのを通り越して、絶句していた。

（こんな「歩く破壊兵器」を、野放しにしていていいのか）

（こんな人間、存在させておいていいのか）

男というものは、人間としての格にこだわる生き物だというが、地位だの才能だの権力だの上か下かなどは、こういう目に見える力の前では、取るに足りない。

大きな威力を持つ破壊兵器と同じで、厳然とした脅威なのだ。圧倒的な力の差というものを思い知らされる時、卑屈も何も通り越して、ただ自分の身を守るためだけに服従を選ぶのは、動物の本能か。

肉体は病んで弱っているくせに、力は増して、そのインフレーションは留まるところを知らない。

どうして、こう、いちいち思い知らせてくるのか。

「おい、なに黙ってる」

──怪物ですね。

と喉まで出かかった。同じ人間と思うから、おかしなことになる。

いいえ、と言い、直江は感情を押し殺して、地図を広げた。

「次は、京橋です……」

「行くぞ」

無駄口は叩かず、踵を返す。騒ぎに気づいた近隣の者が警察に通報したのか、すれ違うようにパトカーがサイレンを鳴らして急行した。

景虎は、何事もなかったかのように、現場を後にした。

＊

その夜の出来事は、翌日の新聞にも大きく載った。

原因不明の橋脚崩壊は、一晩で、三カ所。いずれもコンクリートが砕け落ち、鉄筋が飴のようにねじ曲がって倒れ、土台から破壊されていた。

何者かがダイナマイトか何かで爆破したのでは、とも言われたが、破壊音を聞いた者はいても発破音を聞いた者はいない。そもそも爆破による破壊ではこんなふうにならない。何か構造物の内側に大きな力が生じて、自壊したような壊れ方だったのだ。

なので、紙面には「手抜き工事か」などと的外れな見出しが躍っている。

記事を見た長秀が、皮肉そうに言った。

「……ひでーな。こりゃ。汗水たらして作ったのに、手抜き工事呼ばわりされたら、現場の人間が泣くぞ」

そのそばでは、直江が珈琲を飲んでいる。

夜になってようやく朝刊を見る。そんな生活だ。

家を失った直江は、その後、長秀の事務所兼自宅に転がり込んでいた。新しく住居を求めるのも面倒だったし、それでまた無関係の市民を巻き添えにしては目も当てられないと思ったからだ。

「いっそ過激派による破壊工作ってことにしておけば、よかったか」

「……まあ、念動力は証拠も残らないから、足がつかない。つきようがないが……」

これで、橋脚の謎の崩壊は十一カ所に及んだ。

おかげで工事を請け負った建設会社は、大損害だ。できあがっていた橋脚全てが崩壊したわけではないが、壊れたものは一から工事やり直しとなり、工期も延長を余儀なくされた。

「オリンピックまであと四年しかないのに、迷惑なこったな……。いったい、どこのどいつだ。こんなことしやがったのは」

ちらり、と直江を睨む。

直江は平然と、足を組み直した。

「くだらないこと言ってないで、まだ七カ所もあるんだ。いくら念動力でやっているとはいえ、そろそろ不審に思われそうだから、交代だ。長秀」

「へいへい。やりますよ。やりゃいいんでしょ」

長秀は肩をすくめた。

「しかし、テロリストは完全にこっちのほうだ。警察にパクられても言い訳できねえぞ」

「文句は織田に言ってくれ」

ちっと長秀は舌打ちした。そしてテーブルに広げた都心の地図を見下ろした。

地図には首都高速道路の工事計画が記されている。

「《東京霊都化計画》……」

長秀は煙草を吸って、大きく煙を吐いた。

「まさか、建設省のお役人たちも、首都高がそんなオカルト計画に利用されていようとは思ってもみないだろうな」

そう。それが景虎たちの「テロ」の理由だった。

その情報を最初に掴んできたのは、六王教に潜入させていた《軒猿(のきざる)》だった。

織田が計画しているという、東京霊都化。

どうやら都心に各地から霊を流入させて、その力を織田が掌握(しょうあく)しようというものだった。

だが、具体的な内容が見えてこない。どうやって霊を流入させようというのか。

その方法が明らかになってきた。少し前から、織田が高速道路建設がらみの政界工作をしていることは把握していたのだが、それが一体何のためなのか、なかなか見えてこなかった。

が、ある日、いくつかの採石(さいせき)場開発にかかわる収賄(しゅうわい)が発覚した。

その場所は、どれも昔からの霊山や古戦場であり、そこから取れた石灰岩(せっかいがん)等を、橋梁(きょうりょう)などのコンクリートとして用いるという。実はその利権に阿津田商事が絡んでいて、首都高の建材にも使われることになっていた。

しかも、それらの採石場を霊査したところ、岩盤に活性化した強い霊気や怨念が染みこんでいた。どうやら織田が何らかの呪法を執り行ったようだ。

「……つまり、霊山の霊気、古戦場の怨霊と怨念、それらをまるでセメントでミックスするようにひとつにして、首都高のコンクリート建材に用いるってやつだ」

夜叉衆の調査でそれが発覚したのが、つい二週間前。

工事はすでに着工しており、そのコンクリートを用いた橋脚が続々とできあがっていたというわけだ。

「織田の目的は、霊セメントを用いた〝高速道路〟という結界。首都高の経路からして、都心を丸ごと包み込むにはもってこいだもんな」

橋脚はいわば、結界点だ。そこに強い霊気の固まりを据えて、橋桁で繋げる。

その上を車が巡る。《気》は二十四時間、結界上を巡り続ける。決して絶えることのない、都心結界だ。

「霊都化計画とやらの一部だったってことだ。ったく、織田もやることがでかすぎる。まさかインフラ工事まで利用するとは……」

「都会の人間は、この街を作ってるコンクリートがどこから持ってきたものか、だなんて、知ろうともしないだろうからな」

織田の根回しは、周到（しゅうとう）かつ完璧だ。そこに食い込んでいくために阿津田商事などという総合商社を立ち上げたとも言える。資金は旧陸軍の大陸軍人たちが持ち帰ってきた「財産」だった。それを元手に政界工作の実弾としてきたのだ。なりふりかまわないやり方だ。

「むろん、手は打ってる」

と直江は険しい顔で言った。

「六王教の切り崩しだ。すでに九段（くだん）も動いてる」

九段とは、公安調査庁の隠語だ。調査部長である志木（しき）は、元特高警察出身で、景虎とも懇意だった。

六王教を潰すためなら使えるものは何でも使う。それが今の景虎のポリシーだった。

「けど、そいつら、まともに動けんのか。織田が公安の中にも手を伸ばしてたら、調査自体を潰される」

「だからこそ、できるだけ多くの人間を味方をつけておく必要がある。そのためにあの人もああやって駆け回ってるんだろう」

六王教への攻撃の手も緩（ゆる）めない。景虎は信長を追い詰めるために、あらゆる手を尽くしている。

「霊化コンクリの使用を中止させるための根回しは進めている。だが、すでにできあがったものは、壊すしかない」

「それで俺たちの血税が消えてくわけか。勘弁してくれ」

第三者の目からみれば、景虎たちのしていることは犯罪だ。こんなことを続けていたら、六王教を潰す前に、自分たちのほうが先に公安に潰されそうだ。

「……無駄な破壊をしないで済めば、それに越したことはない。工事を中断させるのが先決だ。何か、いい案はないか。長秀」

「要は、生コンクリのプラントごとぶっ壊せばいいんじゃねえのか」

勘弁してくれ、と言った口から、そんなことを言い出す。

「操業停止にさせちまえば、供給されなくなる。いやでも別のとこから仕入れなきゃならなくなる。それしかないと思うがな」

「結局、俺たちがテロリストになるしかないってわけだ」

黒い服を身に纏う直江は、どこかの国のエージェントのような顔つきで、言った。

「信長を仕留めるまで、終わらないってことか……」

「こうやってるうちに、つまるところはヤクザの抗争になってくんだ。タマとったほうが勝ちっていう、な」

「やられる前にやる、か。まさにヤクザ者だな」

そうして皮肉そうに煙草をくわえる。

長秀の目にも、直江の変化は明らかだった。

黒一色に身を包んだ姿は、ノーブルで、物言いは一見冷静沈着だが、目つきは、といえば、体の奥に鬱屈を秘めた野犬のようなのだ。焼け跡にくすぶる埋み火のように、何かの拍子で燃え上がらないとも限らない、そんなあぶなっかしさがある。

長秀は、その正体を試すように、言った。

「……そういや、昨日、松川神社であの子に会ったよ」

「あの子？」

「美奈子」

直江が、吸いかけた煙草を口元で止めた。

長秀はガスコンロの前に立ち、即席めんを作るため、鍋を火にかけた。

「少し見ない間に、急に女になったな。ちょっと前までは、いいとこのお嬢さんくらいの印象しかなかったが、腰つきに妙に色気が出てきた」

「よせ。彼女をそういう目で見るのは」

「女は男で変わる……なんて言葉は、俺は別に信じちゃいないが、まあ、それが当てはまる女もいないわけじゃない」

直江は煙草を消して、ソファから立ちあがろうとした。コンロのほうを向いたまま、長秀が先制するように、言った。

「おまえ、あの女のことが好きだったのか……？」

ドアノブに手をかけた直江が、動作を止めた。

「なんのことだ」

「いいのかよ。景虎のやつにもってかれて」

「なんのことを言ってるのか、わからない」

「引き離すんなら、手伝ってもいいぜ。なんなら婚約者を焚きつけてもいい。あの景虎が女がらみで修羅場なんて、面白ぇじゃねえか」

「馬鹿なことはよせ！」

直江が振り返り、怒気を孕んだ口調で叱りつけた。

「余計なことはするな。そっとしておいてやれ」

「いい子ぶんなよ、優等生。おまえだって引き離したくてたまらないんだろ？」

「俺は……！」

激昂しかけた直江は、一度、自分を醒ますように大きく肩で息を吐いた。

「あの人が彼女を必要としているというなら、俺は黙って見守るだけだ」

「黙って？　黙ってられないから、そんな悶々とした目ぇしてんだろ」

「俺は後見人だ。あの人の味方になるのが、俺の仕事だ」

「はっ!?　味方？　こりゃまたおきれいなこった。女をとられても黙ってる？　ハイどうぞ、と譲ってやるのが、後見人の仕事か。情けねえ男だな。プライドってやつはねえのかよ」

「そういう問題じゃない」

「それとも差し出してやったって言うのか？　献上品みたいに」

「ちがう！」

　鍋の中の沸騰した湯が、一気にあふれ出した。吹きこぼれてコンロの火が消え、長秀は素早くツマミを戻した。

「……この状況で、最前線に身を置いて、誰よりも傷を負っているのは他でもない、景虎様だ。撤退の選択肢はない。逃げ場もない。そんな戦場で、ついてくだけ。俺たちは。俺たちに何ができる。できるのは、同じ戦場に立つことだけだ」

「それで？」

「彼女はちがう。彼女なら、あのひとの帰る場所になれる。美奈子なら、あのひとを救ってくれるだろう」

長秀は振り返らず、問いかけた。

「それでいいのかよ」

「俺に何が言える」

「ほっといていいのかよ」

「婚約者がいることか？　それがなんだっていうんだ。音楽を続けるためだけの結婚生活が、美奈子を幸せにするとも思えない。そんな契約条件、そもそもナンセンスだ。あのふたりが引き離されるくらいなら、後見人として、先方に婚約破棄させるくらいのことはしてやるさ」

直江は有能な秘書のように、理性のきいた口調で言った。

「北里の家にとって美奈子の代わりなんかいくらでもいる。次の養女をつれてくればいいだけの話だろう。だが、あのひとに美奈子の代わりはいない。だったら、俺が選ぶ道はひとつだ」

直江はドアを開けて、寝室に消えた。

直江の頑なさに長秀の言葉は跳ね返される。

「いい子ぶりやがって。いつか爆発すんなよ……」

台拭きを取り、コンロの周りを拭き始めた。

寝室のベッドに転がった直江は、天井からぶらさがっている電灯を見上げた。

これでいいんだ、と。

呪文のように自分に言い聞かせている。

結局、自分たちが帰っていくところは、主人と家臣という型枠だ。何も考えずに、型枠にはまっていくことだけを考えれば、それが一番楽なのだ。

(俺に何ができる……)

目を閉じ、まぶたの上に手の甲を置いた。

受け入れるだけだ。今までだって、そうしてきた。

景虎が誰かのものになってしまう日がくることも、とうに覚悟していた。いつでも覚悟していた。その日が来ただけのことだ。

景虎と美奈子の仲は、もう誰の目にも明らかだった。

相思相愛であることは、ふたりを包み込む親密な空気をみれば、馬鹿だってわかる。周りに公言しているわけでもなんでもなかったが、夜叉衆にも《軒猿》にも、ふたりの仲は公然の秘密だった。

それを見ていることが、こんなに苦しいとは思わなかった。

こんなに虚しいとも思わなかった。

涙も出やしない。

（これでいいんだ）

どの道、自分のこの立場では、景虎と共に戦うことはできても癒やすことはできない。片腕になることはできても満たすことはできない。たったひとりの人間とだけわかちあえる愛情は、ひとつしかなく、それゆえに特別な力を持っている。

心を開きあって、わかちあい、満たしあう。欺（あざむ）くことなく、まっすぐに。

そうやって、ひとりの人間の二本の腕が、抱きしめられる人間は、目の前にいるひとりしかいない。

そのたったひとりが、美奈子だったというだけだ。

自分が男の肉体を捨てて女になったなら、彼女のようになれる、というものでもない。女という生き物だけがもつ美点を得たからといって、自分がそうなれるわけではない。

彼の心は、どうしたって——今までもそうであったように、独占を許せる「たったひとり」として、自分を見たりはしないだろう。

たったそれだけのことなのだ。

たったそれだけのことだから、そうはなれないたくさんの人間が苦しんできた。

そんなふうにして結ばれた男女だって、長く一緒に暮らすうちに、心がすれ違い、かけ違い、特別な人間からただの同居人へとなっていき、耐えがたくなれば、やがては別れを選ぶようになる。そうして、またひとりに戻る。

それだけだ。そのくり返しだ。黙って待てばいいだけだ。時間はたっぷりある。

たとえ心が固く結びつきあっていても、いずれ別れがくる。死別という運命だ。

待っていれば、景虎はひとりに戻る。

待てばいい、今までそうしてきたように。

だが、いくら待っていても、景虎が選ぶのは自分ではない。

手に入れられないものに寄り添い続けるのは、忍耐がいる。それでも寄り添い続けられなく
なるよりは、ずっといい。誰かのものになる景虎に、耐えても、一時だ。

(その地獄みたいな一時を耐えればいい、だけなんだ)

いま起きていることも、そういうことだ。ありふれたことだ。

慣れることができる、痛みだ。

(苦しいなんて、一時の感傷だ)

行動していれば、心は後からついてくる。だから決めた。

自分は支援者になればいい。そう行動すればいい。

欺瞞だとしても、欺瞞がいずれ真実になる日がやってくる。心というのは、騙されやすいも
のだから、自分の本心が何だったかも、自分で騙しているうちに、おのずから真実へと変えて

いってしまうだろう。

そもそも、こんなあてにならないものに翻弄されていること自体がばかばかしいのだ。

（俺は受け入れてやる）

景虎と美奈子を受け入れてやる。愛し合うふたりを、黙って受け入れる。祝福などは間違ってもしないが。

彼らを未来に通すことが、自分の仕事なのだと。

（自分の心ぐらい、騙しきってみせる……）

寝静まった街に、野犬の遠吠えが聞こえる。

やり場のない恨みを訴えているかのような、遠吠えが。

*

景虎がマリーと住んでいたアパートを引き払ったのは、もう半年前のことだった。

マリーは発声障害の治療もあるため、松川神社に住むようになり、景虎といえば、都内の安宿を点々とするようになった。

東京にいるとも限らなくなってきたので、不定住の身だ。織田潰しに専念して職にも就いていないので、根無し草のような生活が続いている。それも自衛のためだった。攻撃には報復がつきものだ。そうでなくても、霊に狙われるのは、日常茶飯事だ。日に、二、三度襲われることも稀ではなくなってきた。

目が覚めて、ここがどこだったかもわからないような日が増えていた。

「……今日もお泊まりかい？」

ドヤ街にある安宿の女主人は、もう八十をゆうに超えていたが、いまも現役で帳場を仕切っている。客のほとんどは、地方から出てきた労働者だ。界隈に素泊まりの宿はたくさんあったが、ここは頼めば朝食も夜食も格安で食べられるので人気があった。

出かけようとする景虎に、今夜の宿泊はどうするか、と訊ねてきた。

「また遅くなるかもしれないが、いいかい？」

「ああ、あんたは金払いもきっちりしてて安心だ。同じ部屋をおさえとくよ」

「いつも悪いね」

食堂ののれんをくぐると、真ん中のテーブルで、工事現場の作業員が朝飯をかきこみながら、仲間と一緒にぼやいている。

「……ったくよう。せっかくできあがった橋脚を、空爆みたいにどんどん壊されちゃ、こっちもたまらねえよ」

「ほんとに壊されたのか？　鉄筋減らした手抜き工事なんじゃねえのか」

「馬鹿言うな！　手抜きなもんか！　そこいらの道路工事と一緒にすんな。ちゃんと真面目(まじめ)に設計図通り、一ミリだってくるわねえよう、つくってらあ！」

胸ぐらを掴んで言い返している。朝からとっくみあいになりそうな勢いだ。

「俺だってよ、故郷の親兄弟に見送られて就職列車で東京さ来てよ。働いて働いて、いつか故郷に錦(にしき)を飾る夢ってもんがあらあな。誇りってもんがあらあな。この手でひとつずつ鉄筋束ねて、作ったのによ。この一本一本が、五十年先の日本も支えるんだって思って作ったのによう。これじゃ戦争の時と一緒じゃねえか」

景虎はどきりとして、箸(はし)を取った手を止めた。作業員はなおも怒鳴った。

「戦争の時だって、苦労して作ったもんがみんな、たった一個の爆弾で吹っ飛んじまった。あんな虚しいことってあるかよ」

景虎は憂鬱(ゆううつ)な気分になった。苦労の結晶をほんの数秒で壊した張本人がここにいる、などとは、口が裂けても言えない。

「まあ、橋桁が載ってから崩れるよりゃマシじゃねえか。できあがって車が走ってる時に崩れたら、目も当てられねえよ」

「いや、絶対誰かのしわざだ。アメリカの陰謀だ！　そいつをとっつかまえて、鉄筋で首絞め殺してやる」

　景虎は昨日ねじまげた鉄筋が、喉を絞めつけてくるような、息苦しさを感じた。

「おい、お迎えのリンカーンが来たぞ。急げよー」

　現場に作業員を運ぶトラックだ。彼らはそれを高級外車にたとえる。

「さあ、今日も一日働くかあ」

「……しかし、こんなんでオリンピックに間に合うのかねえ」

　作業員たちはぞろぞろと食堂を出て行った。景虎は聞いていないふりを通すだけだ。すると、入れ違いに中年の男が入ってきた。先日来から顔なじみの宿泊客で、景虎を見ると、親しげに声をかけてきた。

「よう、あんちゃん、昨日はありがとうな」

「なんのことだい？」

「ははは！　寝ぼけてんのか」

　ストーブがいる寒さだというのに、白いランニングシャツ一枚の男は、豪快に笑い飛ばした。

「なんのってこたねえだろ。巣鴨で俺っちの仲間がテキ屋に言いがかりつけられて、喧嘩になりかけてたのを止めてくれたじゃないか」

何を言っているのか、皆目わからない。景虎は怪訝な顔をした。

「人違いじゃないか。オレは昨日、巣鴨になんて行ってないぞ」

「え……。そりゃ変だな。だって、俺っちと話もしたじゃねえか」

景虎には身に覚えがない。景虎の不可解そうな態度を、先方も不思議がっている。

「こりゃほんとか。あんちゃん、双子でもいるんじゃないか？」

「いや。生き別れの双子がいたなんて話は、親からも聞いていないが」

「おかしなこともあるもんだな。まあ、いいや。ともかく、ありがとな」

深く考えない習性が身についているのだろう。ランニングシャツの男は景虎の肩をひとつ叩いて、慌ただしく宿から出て行った。

まただ。どうも先日から、身の回りでおかしなことが続いている。

景虎がいないところで、まるでもうひとりの「景虎」が行動しているかのようなのだ。滝田の後輩の話といい、目撃情報だけならともかく、実際に会って話までしている。まさか、もうひとつの「加瀬の肉体」で、なりすましをしている者がいるとでもいうのか。

——ドッペルゲンガーじゃねえのか。

（まさかな……）

と切り捨てることができない。

すぐに織田の差し金を疑った。

しかし、なりすまして凶悪犯罪をして景虎を追い込む、というならばともかく、なぜか人助けをしているのが解せない。気味は悪いが、実害がない。

（何者なんだ。いったい……）

——ドッペルゲンガーに会った者は、死ぬ。

不気味な予言が、頭の片隅に点滅する。

だが、奇妙な現象は、その二件のみに留まらなかったのだ。

第三章　その橋をかけるな

金刀比羅宮に現れた美奈子は、ようやく会えた喜びで表情が輝いていた。

境内には、銀杏が落葉し、黄金色の絨毯を敷き詰めたようになっていた。

一緒にいられる時間は、そう長くはない。美奈子の父親が入院しているのは、勝長が勤めていた虎ノ門の病院だった。美奈子は父親の見舞いを終えて、病院近くの金刀比羅宮で、景虎と待ち合わせをしていた。

「手術をすることになった……?」

参拝したあとで、美奈子が景虎に打ち明けた。

彼女の父親は演奏旅行中に心臓疾患で倒れ、それからずっと入院を余儀なくされている。

「ええ。手術をするなら、なるだけ早いほうがいいって佐々木先生が」

勝長のことだった。その勝長も、織田との戦いが激化したため、常勤は続けていられなくなったので、今は非常勤として後進の指導にあたっている。「佐々木医師」に美奈子は全幅の信頼を置いている。病院をやめて主治医ではなくなったが、病状を気にかけてくれていた。

「腕のいい外科医の先生を紹介してくれたの。神崎先生っていう」

勝長の紹介で、今は笠原病院に勤めているが、非常に腕がたつので、ぜひ執刀医に、と勧められた。

「ああ、あのひとなら知ってる。本物の天才外科医だ。腕はまちがいない」

景虎が口添えすると、美奈子は安堵した。

「……実は、お父様、このところ急に気弱になってしまって。手術前に私の結納を済ませようなんて言い出して……」

「婚約者との？」

「ええ。先方のご両親も、乗り気のようで」

美奈子の婚約者は、父の甥っ子だ。音楽家一家の血を絶やさないように、と養女として引き取られた。才能のある娘を求めていた。元から「義理の従兄」との結婚が条件だったが、美奈子は音楽を続けたい一心で、養子縁組を受け入れた。

景虎は「そうか……」と暗い面持ちになった。

美奈子も憂鬱そうだった。

「私、ちゃんと言おうと思うの」

「なにを」

「婚約を解消させてくれと」

景虎が驚いた。思わず美奈子の顔を覗き込むと、彼女は静かだが、芯の強い眼差しで、景虎を見上げた。

「お父様とお母様に、私の気持ちをちゃんと伝えようと思うの。婚約を解消させてください、もしそれが許されないなら、どうぞ養子縁組を解消してくださいと」

「養子縁組まで」

「……もちろん許してはもらえないでしょうね。音楽を学ぶために、たくさんお金も出してもらっているし、私も今更そんなことは言えないと思っていた」

美奈子は今日までずっと迷い、考え続けてきたのだろう。

決意を固めた彼女の口調は、ひどく落ち着いていた。

「結婚しても夫と思えそうにないひとを、妻として愛せるとも思えない、そんな気持ちで婚約をしたままでいるのは、そのほうが罪深いと思えるから」

「両親に恨まれるんじゃないのか」

「かけてもらったお金は、一生かけて返します。恩返しができなかった分も」

美奈子は、もうだいぶ葉が落ちた銀杏の木を見上げた。

「私は一生、独身でいるつもり。恩のある両親に、これだけの不義理をするのだもの。この先、結婚だなんて虫のいいことは言えないわ」

「……。そうか」

美奈子の静かな決意を、景虎は受け止めるだけだ。

「あなたがくれたの」

「なにを」

「私にも、戦う勇気を」

自分には逆らうことはできないと思っていたものたちとの。

戦うこともあらがうこともせず流されるのは、その時は楽であっても、いずれ淀んだ潮だまりに行き着く。そのまま腐るのだ。心ごと。

そうなる前に自分で櫂をこぎ、自分が望む流れへとたどり着かなければならない。

景虎が戦う姿は、それを見つめていた彼女の生き方も変えようとしていた。

「でもね」

ほんとうはね、と美奈子は目を伏せて、小さく苦笑いした。

「好きなひとと結婚して、そのひとの子供をもうけて、実のお母さんのような優しい母親になれたらいいな、と子供の頃は思っていたの。無邪気だったのね」

「いいのか。それで」

景虎が美奈子の横顔に問いかけた。赤いベレー帽が、銀杏の黄金に映えていた。

「君はそういう幸せを、あきらめられるのか」

「あなたこそ、いいの?」

わざと景虎の顔は見ないようにして、美奈子は言った。

「あなたなら、いくらでもいい人を見つけられるだろうに」

景虎は伏し目がちに苦笑いした。

「……オレは、そういう人並みのことは、はじめからあきらめてる」

「なら、私たちは淋しいもの同士ね」

美奈子はこちらを振り返って、瞳をたわめた。

景虎も微笑み返した。

「……少し歩こう」


一緒にいられる時間は、そう長くはない。

せいぜい一時間か二時間がやっとだ。食事のひとつもすれば、それで終わり。話すことといえば、他愛のないことばかりだった。

子供の頃、田んぼのあぜ道で自転車の練習をしていて転げ落ちて泥んこになったとか、お彼岸に作るぼた餅の大きさだとか、駅前で見かけたちんどん屋の格好だとか……。そういう他愛もなく、どうでもいいようなことを話せる時間が、いまはなにより大切に思える。

一分一秒を大切に過ごしたいのに、一緒にいられる時間はあまりにも速く過ぎていき、楽しい気分でいるから余計に速く過ぎていき、気がつけば、あっというまに帰る時間が来てしまう。

地下鉄の改札が別れの場所だ。

ぬるい風を巻き上げて電車がホームに入ってくる。名残を惜しんでいても、門限までには帰らなければならない。乗降客で慌ただしい改札の、壁際の片隅で、ふたりは向き合った。

「……次はいつ会える」

景虎が訊ねると、美奈子は淋しそうな顔をする。

「それは私に聞かないで」

「そうだな」

次の約束を交わしても、何もなく実現することはそう多くはない。反故になるほうが多いとわかっていても、次があると約束していないと、心許ない。ふたりにとって約束というものは、それを心の支えにするための、灯火なのだ。

「来週の水曜日。またここで会おう。時間は……そう。夕方だ」

細かい時間は決められない。ただ漠然と夕方と告げるだけだ。だが、それだけでも美奈子には嬉しい。

「夕方ね」

「ああ、夕方」

そうやって決めても、来られるとは限らない。来られなくても連絡をする手段もない。待ちぼうけをして、自由が許される時間のうちに相手が来なければ、帰るだけだ。そうやってすれちがうことも、たびたびだった。

だからこそ、会えた時の喜びは大きかった。

「そうだ。忘れるところだった」

景虎が取り出したのは、松川神社のお守りだ。美奈子に差し出した。

「護身札を少し編み直してみた。いまの君なら、これぐらいが一番効果が出るはずだ」

一緒に過ごす短い時間の中で、景虎は美奈子の霊力管理も忘れない。もともと龍女になれるほどの素質がある。その霊的包容力を織田に狙われてもいるが、美奈子自身が霊力を高めることによって憑依霊の接近を防御していた。

「ありがとうございます。私のために加瀬さんが？」

「ああ、オレが自分で編んでみた。《軒猿》が編んだ呪符は、ちょっと心許ない」

美奈子はお守り袋に入った呪符を、大事そうに掌(てのひら)で包んだ。

「うれしい」

「……………」

「これをあなただと思って、肌身離さず、持ってます」

「ああ。そうしてくれ」

「そうだ。これ」

美奈子はカバンの中から、紙袋をひとつ取りだした。

「寒くなってきたから。私、不器用だから、あまり出来栄えはよくないけれど」

中に入っていたのは、手編みのマフラーだ。取りだして、景虎の首に巻いてやった。

「思った通り。あなたには赤がよく似合う」

「派手じゃないか？」

「そんなことないわ。彼岸花(ひがんばな)の色ね……」

美奈子はそう言って、懐かしそうな目をした。

「みんなは墓場の花だなんて不吉がるけど、私は子供の頃から、あの花が好きだった。花火のように華やかに、あの世とこの世を橋渡しするの。死後の世界はきっと華やかなのだわ。得(え)も言われぬほど美しいから、誰も帰ってこないんだわ。死んだ人は、曼珠沙華(まんじゅしゃげ)の咲く美しい橋を渡っていくんだわ……」

景虎は苦笑いだ。美奈子にはたまに夢見がちなところがあって、そんな想像の景色を見てきたように語ることがある。巫女体質で、直感力に優れているせいもある。そうやって語る幻の景色は、どこか詩的で、景虎の琴線に触れてやまない。

「実際は、そんなきれいなもんじゃないと思うが……」

ありがとう、と景虎はマフラーのぬくもりを嚙みしめた。

「これでこの冬は風邪をひかずにすみそうだ」

「冬至の日には、松川神社にゆずを届けるわ。山梨のおばさまが毎年送ってくださるの。おすそわけするから、きっと、ゆず湯につかってくださいね」

「楽しみだな」

電車がホームに入ってきた。門限にぎりぎり間に合う、最後の電車だ。美奈子は切符を手にして「それじゃあ」と景虎に言った。

「また来週」

「ああ、また来週」

美奈子は急いで改札をくぐっていく。一度振り返って、小さく手を振った。景虎は手を振り返し、その手を革ジャンパーのポケットに押し込んだ。

風を巻き起こして、美奈子を乗せた地下鉄はホームを出て行く。中途半端にぬるい地下の風に吹かれて、景虎はマフラーに顔を埋めた。

美奈子と過ごす時間だけが、この身の内に温かい血が流れていることを感じられる。その柔らかな肌に触れることはできなくても、彼女の心に触れているだけで、乾いた荒野のような身を十分潤すことができた。この時間があるから、戦場みたいな日々を生きていられる。そして次の約束が、明日の自分を生かすとさえ思える。

愛なんて、語る柄ではない。

(口にする資格も、ない)

鉛を飲み干す。眠ればそんな夢ばかり見る。澄んだ水を喉に流し込んで、溶けた鉛の中に潜る。悲しいほどに、美奈子との時間にすがりついている。闇を打ち払う光だ。

癒やされては、淀む。それを繰り返す。沼で溺れているみたいだ。日々が。

景虎は逆向きの電車に乗るため、歩き出す。

その時にはもう、暗いテロリストの顔つきに戻っている。

＊

「よう、大将。昼間はどこに行ってたんだい？」

落ち合う場所に指定した立ち呑(の)み居酒屋に、長秀(ながひで)はすでに到着していた。

店に立ちこめる煙草(たばこ)の煙にまかれて長い手足をもてあますようにして壁にもたれている。

狭い店は、会社帰りのサラリーマンで溢(あふ)れている。

「九段(くだん)に行ってた。志木(しき)さんにいろいろ問い詰められたよ」

「なんだ。疑われてんのか」

「うまくごまかしたが、バレたら、こっちがパクられるな」

橋脚(きょうきゃく)爆破のことだ。

相変わらず、景虎は酒は飲まず、コーラばかりを頼む。長秀はだし巻き卵をつついていた。

「……まあ、協力者が橋脚爆破犯とあっちゃ、先方もメンツ丸つぶれだからな」

「勘のいい人だから勘づいてはいるんだろうが、表沙汰(ざた)になると、志木さんも立ち回りが難しくなる。別の手段も考えたほうがいいかもな」

その景虎の首には、見慣れないマフラーが巻かれている。

長秀はめざとく、それを見つけた。

「珍しいな。おまえがそんなもん身につけるなんて……」

「ああ……」

景虎はマフラーを襟の中に押し込んだ。

「冷たい空気を吸い込むと、咳が止まらなくなる。できるだけ、温めたほうがいいと医者がいうから」

「ふー…ん。それで手編みのマフラーかよ」

不揃いな編み目を見れば、市販のものではないことも一発で見抜けた。

「お熱いこって……。女の手編みが嬉しくて見せつけたい気持ちはわかるが、直江の前で巻くのはやめたほうがいいぞ」

景虎がぎろりと横目で睨んできた。

「どういう意味だ」

「他人の嫉妬は身を滅ぼすってこと」

軽口のように言って、長秀は泡のつぶれたビールを飲み干した。景虎は「意味がわからない」と言って、また醒めた目つきになった。

「直江がなんで嫉妬する」

「気づいてるくせに」

知らない素振りをしているとしか、長秀には思えない。重い気分がまた鉛のようにおりてくるのを感じ、景虎は溜息をついて、喉に流し込む炭酸の清涼感で打ち払った。

「くだらない話をしてる時間はない。いくぞ」

長秀は肩をすくめて「へいへい」と帽子をかぶった。

*

首都高の橋脚を狙った連続爆破事件は、思った通り、大きな衝撃を世間に与えたようだ。

工事中の全(すべ)ての橋脚には、大勢の警察官がつき、パトカーの赤色灯(せきしょくとう)が川面(かわも)を染めている。川には何台もボートが出ていて、爆発物が仕掛けられていないか、近づく船がないか、見張っている。

厳戒態勢というやつだ。

「まあ、当然こうなるわな……」

警察もようやく学生運動が下火になってきて落ち着いたところに、インフラ破壊の過激派テロときては、全力を出さざるを得ない。

桜田門(さくらだもん)のメンツにかけてでも、犯人を捕まえようとするだろうし、次の破壊を全力で阻止(そし)しようとするだろう。

「この状況で破壊すんのは、いくら《力(りょく)》を使うとしても、無謀(むぼう)なんじゃないのか」

長秀の言う通りだった。下手をすれば、警察官を巻き込んで、怪我人を出してしまうかもしれない。

「狙いは橋脚だけだ。無関係の人間を巻き込むのは望むところじゃない」

「ほとぼりが冷めるまで待ったほうがいいんじゃねえのか」

「仕方ないな。今夜はとりやめだ」

中止を決めて、現場を去ろうとしたふたりは、行く手に立ちはだかる人影に気付いた。背広の上にコートを着た中年男だ。やたらと眼光鋭いその男は、ふたりに向けて警察手帳を見せた。

「職務質問だ。そこで何をしてる」

「なにって……メシくって帰るところですけど、それが何か?」

「橋脚爆破事件の現場で、怪しいふたり組の男が目撃されている。年の頃と背格好が少し似てるもんだからな。ちょっと話を聞かせてもらう」

景虎と長秀は、目配せしあった。さすが日本の警察だ。徹底した聞き込み作戦で、もう目撃者を見つけたらしい。

「勘弁してくださいよ。あんなでかいもん吹っ飛ばすようなもん、何も持ってませんよ」

「次の目標を下見に来るってこともあるからね。そのカバン、見せてもらおうか」

と長秀が抱えていた箱カバンを開けて確認する。中に入っているのは、カメラの機材だ。

「報道写真を撮ってましてね。スクープがとれたらと思って取材してたとこです」

名刺を渡すと、刑事とおぼしき男はメモを取り始めた。

「そっちの人は」

「助手です」

機材を取りだして、ひとつひとつ確認する。中に爆弾が仕込んであるとでも思ったのだろう。伴ってきた警官にカバンごと引き渡した。

「あ、ちょっと何すんです！　爆弾なんか入ってませんよ」

「念のため、署まで一緒に来てくれ」

「勘弁してくださいよ。仕事しないと」

「いいから、おとなしく同行しろ！」

ドオン、という衝撃があがった。

いきなり真横から爆風めいたものをくらって、景虎たちも刑事たちもあおられ、たまらず路上に転がった。立て続けに街灯が割れ、トタンが剝がれ、路地におかれてあった植木や酒瓶ケースがことごとく倒れた。景虎も長秀も《力》は使っていない。

「おい、なんだ！」

もうもうと砂埃が立っている。その向こうに、景虎は見た。

息を呑んだ。

砂埃の中に立っていたのは、景虎なのだ。

自分とそっくりの男が立って、不穏な顔つきでこちらをじっと見つめている。

「……うそ……だろ……」

長秀も思わず絶句してしまっている。加瀬賢三とそっくりな男は、服装から何から全く同じで、居合わせていた刑事も見分けがつかずに、両者をかわるがわる見ている。ちがうところといえば、かろうじて本物の景虎は赤いマフラーを巻いているところだけだ。

「何者だ、貴様」

景虎が鋭く問いかけた。すると、もうひとりの景虎は《力》を満たした体で、ゆっくりとこちらに手を差し伸べた。

（来る……っ）

もうひとりの景虎が、景虎めがけて念攻撃をしかけてきた。景虎は咄嗟に《護身波》で身を守ったが、その攻撃は凄まじく、気を抜けば突き破られそうになる。

「くそ！」

応戦したのは長秀だ。が、もうひとりの景虎は簡単には寄せつけなかった。長秀の念を弾き返し、返す手で長秀を吹っ飛ばしたのだ。長秀の体は大きく弧を描いて吹っ飛び、路上に止めてあったリヤカーに落ちた。

「やめろ。やめないと撃つぞ！」

と刑事が警告するや否や、拳銃を取りだしてもうひとりの景虎めがけて威嚇射撃した。が、もうひとりの景虎は銃弾までも受け止め、ことごとく地面に落としてしまう。これには刑事たちも驚愕した。

「なんだ、こいつ……っ」

「あんたらの手には負えない、下がれ！」

と景虎が怒鳴った。相手は容姿もそっくりだったが、力のほうまで全く景虎とそっくりだった。となると、対抗できるのは自分しかいない。

「貴様は誰だ。なぜオレとうり二つなんだ。しかも《力》まで」

「オレは、おまえ自身だよ。加瀬賢三」

もうひとりの景虎が、はじめてまともに口を開いた。その声も、口調も、景虎そのものなのだ。

「オレを倒すということは、おまえ自身を倒すということだ」

「どういうことだ」

「おまえがオレを殺せば、おまえが死ぬということだよ」

　言うや否や、攻撃をしかけてくる。景虎は《護身波》で防ぎながら、間隙をついて攻撃する。連撃で仕留めるはずだったが、相手もしぶといこと、この上ない。自分と全く同等の力を返してくるのだ。まるで鏡だ。力量では決着がつかない。こうなっては、勝負の分かれ目は一瞬だ。

「ぐは！」

　ほんの刹那。隙をついて、もうひとりの景虎の右肩を狙い澄ましたように念で撃った。と同時に、それを撃った景虎自身までも、右肩に衝撃をくらって倒れ込んでしまう。

「偽者野郎、いい加減にしやがれ！」

　と怒鳴ったのは長秀だった。ありったけの念で、もうひとりの景虎を圧倒する。だが、敵も引き際を心得ていた。

「オレはおまえ自身だよ、加瀬賢三。おまえがやりたくてもできないでいることを、このオレが果たしてやるよ」

「なんだと……っ、おい待て！」

　再び、耳をつんざくような爆裂音が起こり、衝撃波があたりを舐めるように走った。景虎も長秀も、防ぐので精一杯だった。剝がれたトタン屋根が落ち、電柱がぐらぐらと傾いで、とうとう窓ガラスも吹き飛んだ。

　辺りは惨憺たる様子だ。

巻き込まれた刑事たちも茫然としている。

「くそ……っ、おい、大丈夫か。景虎」

長秀が埃を払いながら声をかけてきたが、景虎は立ちあがることができなかった。右肩を脱臼でもしたのか、持ち上がらない。攻撃をくらったわけでもないのに痛みを発している。

「あいつだ……。オレのドッペルゲンガー」

「なにぃ?」

「ここ数日、オレの知らないところでオレとそっくりの男が行動してた。きっと今の男だ。間違いない」

しかも相手を攻撃すれば、相手もダメージを食らうが、自分もダメージを食らってしまう。体は別々だが、こうむるダメージは同じということか。

「ってことは、あいつが死んだらおまえも死ぬってことじゃ」

景虎は事態を飲み込んで、戦慄した。その通りだ。景虎を殺さなくても、あの男を殺せば、景虎まで死ぬことになる。

しかも、向こうは景虎の意志を離れて自由に行動しているのだ。

──おまえがやりたくてもできないでいることを、このオレが現実にしてやるよ。

「オレができないでいること……?　いったい何をするつもりなんだ」

そこに複数のパトカーがサイレンを鳴らして駆けつけてきた。騒動に気づいて、近くを警戒中だったパトカーが急行してきたのだろう。景虎と長秀は、たちまち警官たちに囲まれてしまった。

こうなっては下手に動けない。

パトカーから降りてきた所轄の警部とおぼしき者は、辺りの惨憺たる有様を見回して、警官たちにふたりを確保するよう命じた。景虎も長秀も、あっという間に身柄を拘束されてしまう。《力》で抵抗できないこともなかったが、これ以上騒ぎを起こすのは得策ではなかった。

「話は署で聞く。つれていけ」

住民たちや野次馬が集まってきて、騒然としてきた。

景虎と長秀は、あえなく警察へと連行されてしまった。

＊

景虎と別れた美奈子が帰宅したのは、門限の十分前だった。

駅から走ってようやく間に合った美奈子は、家の手前で立ち止まり、靴ずれをしたかかとをしきりに気にした。

「はき慣れてない靴で走るもんじゃないわね……」

ひとりごちて、痛む足をもう一度靴の中に押し込むと、夜道を歩き始めた。そして、家の門扉の前に立っている人影に気づいた。美奈子は警戒した。

「だれ」

「お久しぶりです。美奈子さん」

聞き覚えのある声だ。暗がりから一歩出た黒い服の男を見て、美奈子は驚いた。

「笠原さん……。笠原さんじゃないですか」

最初は誰だかわからなかった。良家のぼっちゃん然としたところは、すっかりなくなり、少し見ない間に十歳くらい老けたように見えた。よれよれの黒い上着を着て、物腰にも潑剌としたところがなく、目つきは陰鬱で別人のようだ。

「どうなさったんですか。突然」

すると直江は剣呑とした様子で、新築の家を見た。

「いいおうちを建てましたね。前より少し大きくなったようだ」

葬式のあと、松川神社で何度か会いはしたが、ほとんどまともに話さなかった。直江のほうが美奈子を避けているようだった。

「笠原さんは今、どちらにおられるの？　おうちはどこに？」

「宮路と一緒に住んでます」

親戚の厄介にはならないという姿勢から、美奈子も何となく察しはついた。笠原家の親族との関係が微妙になっていることを。

「……今度、父が笠原さんの病院のほうに転院するんです。手術を受けるために。笠原さんはお父様のかわりに跡を継がれるのでは？」

「いいえ。財産も経営に関することも、全て相続放棄しました。今はもう、自由の身です」

笠原家とは無縁となった。親族とはもともと他人だ。戸籍を置いてあるというだけで、すっかり近づかなくなってしまった。同じ戦災孤児で養子になった身の上で、少なからず同志のような気持ちでいた美奈子は、今更ながら、立場の弱さを思い知らされた。

「そういえば、先日、美奈子さんの婚約者を見かけましたよ」

直江がふいにそんなことを言い出した。

「婚約者……？　笠原さんにご紹介したことはなかったような……」

「ええ。でも知ってます。場所は銀座でした。派手な女性をつれて歩いていましたね。アバズレとでも呼ぶような。そのまま、ちょっといかがわしい店に入っていきました。ご存じでしたか？」

美奈子はサッと青ざめた。震えだしそうになるのを必死でこらえて、苦笑いした。

「……昔から、女の人がとても好きな方ですの」

「先日とは違う女性を連れて歩いてるようでした。街で別の女に鉢合わせて、女同士が口汚く罵(ののし)りあっていましたよ。その間に立って、うろたえておられたような」

そんな話は聞きたくない。見かけたとしても、ちょっと気の利く人間なら、わざわざ当人の耳には入れない。美奈子は辱(はずかし)められているような気さえした。

「だ……男性は身を固める前に、ひとしきり遊んでおきたくなるというような話も聞きますし」

「ああいう男は、身を固めたあとも、女遊びをやめませんよ」

吐き捨てるような口調で、直江が言った。

「証拠なら、いくらでも押さえます。それを突きつけて婚約解消すればいい。あれだけ女に汚く目も当てられないことがご両親に知られれば、いくら跡継ぎ目当ての結婚でも、十分、破棄する理由になる」

「待って。なんでそこまで笠原さんが……」

「婚約なんて解消しておしまいなさい。そうすれば、人目を忍んで、あの人と会う必要もなくなる」

直江の口から出てきた言葉に、美奈子は心底驚いた。

ふたりの仲に直江が言及したのも、これが初めてだったが、なぜか美奈子の肩を持つようなことを言う。

「笠原さん、あなたは……」

「美奈子さんにも幸せになってもらいたいですし、私にとって加瀬さんは尊敬する〝主人〟ですから」

あからさまに時代錯誤（さくご）な言葉を口にした。

「婚約者を略奪したなんておかしな噂（うわさ）を立てられても、加瀬さんも困るでしょうし、皆が不幸になるだけです。私でよければ協力しますよ。美奈子さん」

「待って……。そんなつもりは」

「だったら、どういうつもりで、あの人と会ってるんだ」

突き放すように言う。美奈子は顔を強（こわ）ばらせた。

「恋人を名乗るんだったら、婚約者と別れなさい。そうでなければ、加瀬さんと別れなさい。あなたは一体どうしたいんです？」

「婚約は解消します」

美奈子は毅然（きぜん）と顔をあげて、宣言した。

「でも、それは私の気持ちがそうだからです。先方のせいにするのは、フェアではないように思えます」

「潔いのですね」

「そうありたいのです」

「………」

「婚約者のある身でありながら、そうではない人に恋をした。その罪は、消えません。それは私のせいであって、婚約者のせいでも加瀬さんのせいでもありません。私が背負う責任ですから」

「せっかく円満に婚約解消できる方法を教えたというのに、頑固なんですね。そんなところも、加瀬さんそっくりだ」

そっくりすぎて、腹が立つ。

なじりたい気持ちを奥歯でかみ砕いて、直江は言った。

「これは忠告です。加瀬さんは一般的な男性とはかけ離れた世界にいます。そんな彼の恋人になるには覚悟がいります。人並みの幸福は手に入りません。それでもいいんですか」

「私は人並みの幸福が欲しいわけではありません。あの人とあれるだけで、すでに幸福なのです」

直江はどきりとした。美奈子の物言いに、気圧されるものを感じつつも、さらに追い込むように言った。

「あの人を愛せば、あなただけでなく家族も巻き込むことになりますよ。あなたの恩ある人たちを不幸にしてもいいんですか」

　この言葉には、美奈子も思わず怯んでしまった。だが「それでもいいのだ」などとは断言できないところが、この女の美点であることも、直江は理解していた。そういう女だからこそ、景虎は愛しているのだということも。

　美奈子はためらいがちにうつむいた。

「身を引け、とおっしゃりたいのですか？」

「あなたの家族を巻き込みたくないのなら、そうしてください」

「そうしなければ、あなたの家族のようになると？」

　直江は射た矢を跳ね返されたような思いがした。両親を織田に奪われた痛みが、また体の奥から甦ってくるようだった。

「………。あなたは、怖いひとですね。美奈子さん」

「怖いのはあなたのほうです。笠原さん。私に身を引かせたいなら、なぜ、婚約を解消しろだなんて言うんですか。私に諦めさせたいなら、むしろ結婚を勧めるだろうに」

　矛盾しまくる言動に、直江自身、答えが出せない。引き離したいのか、添い遂げさせたいのか。その矛盾を、美奈子は狙い澄ましたように突きつけてくる。勘の鋭い女だから、こちらの本心もすかしみているのだろうか。

「……ともかく、これは忠告じゃなく、警告です。美奈子さん。私の家のようになりたくないなら、加瀬さんと別れてください。いま彼が戦っている相手は、人と人の繋がりを、ことごとく断つことで追い詰めていく、卑劣な者たちです」

「そうなのでしょうね……」

そんな者たちと戦う人間なんて、普通ならば近づきたくないに決まっている。ごくありふれた一市民である美奈子には、逃げだしたいほど怖いに決まっている。

「でも、私があのひとのそばを離れてしまったら、誰があの人の手を握っていてあげられるのでしょう」

なんて女だ、と直江は思った。

なんて傲慢な女だ。そうやって自分が景虎に愛されていることを、意識もせずに誇示するのか。この俺に向かってそれを言うのか。それを言えることが、愛されている者の特権だとばかりに。

美奈子という女の強さに、直江は戦慄すら覚える。

「……とにかく、あなたの家族が巻き込まれれば、加瀬さんは悲しみます。加瀬さんを悲しませていいんですか」

「家族を巻き込まないためならば、家族を捨てる覚悟もあります」

「それは欺瞞というものです。そうでなければ、偽善だ」

「いいえ。ひとつの道を選べというならば、私は恐れずに選びましょう」

強い大きな瞳で直江を見上げてくる。美奈子の体が闇の中で白く発光しているように、直江は感じた。汚れをも恐れない強靱な魂だけがもつ、強い光なのだと直江は感じた。

「私には、選ぶ覚悟があります」

（俺には、ない）

わけのわからない敗北感に、直江は我知らず自我が萎縮していくのを感じた。

景虎が美奈子を選んだ意味がわかる。彼女は、本質的に強いのだ。虚弱でも神経質でもなく、根本が強靱なのだ。それは無神経だとか独善的だとか、そういう意味ではない。

強い者は強い者を選ぶ。ただそれだけなのだ。

強い者は弱い者に慈悲を与えはするが、決して選びはしないのだ。それは自らを高める相手は、自らと同じかそれ以上、自分の強さに見合う強さの人間でしかないと、本能的に知っているからだ。上を向く人間ほど、おのずとそうなる。自分より弱い者を選ぶのは、上を求めるのをやめた人間だけなのだ。

(俺は、美奈子になるべきだったのか……?)

こういう自らの強さで光を放つ人間に。

(そうであったなら、あの人は俺を選んだのか?)

ひどくいじけた気分になり、もうこれ以上、一分一秒たりと、ここにはいたくない、と強く思った。衝動的に思った。

この女は景虎と一緒だ。ひとの弱さを見透かしてくる。見透かして、景虎のように責めるのであれば、まだたちがいい。だが、この女は憐(あわ)れむのだ。無意識のうちに慈悲を与えようとするのだ。

ほら、みろ。その瞳。

もう慈愛が滲(にじ)み出ている。涙液のように。俺の何を憐れんだ? 何に憐れみを感じた。やめろ。俺にそれを与えようとするな。俺に施(ほどこ)しをしようとするな。

そうやって見せつけようとするな。おまえがあのひとにふさわしい人間だということを、俺に見せつけようとするな。

「笠原さん?」

呼びかけられて、直江の体に現実味が戻ってきた。あぶない。美奈子は霊的包容力が強すぎるがゆえに、包み込むばかりでなく、相手から漏(も)れ出すものを引きずり出しかねない。

「……とにかく、美奈子さん。あなたが加瀬さんのアキレス腱になることだけはないよう」

それだけ言うので精一杯だった。

失礼します、と言って去りかけた直江を、美奈子が呼び止めた。

「あの、御札ありがとうございました」

「なんのことですか」

「私の家族あてに送ってくださったでしょう？　父にも母にも、身につけさせています。とてもよく効いてると思います。ありがとうございます」

美奈子が深々と頭を下げた。直江はまた胸の奥が軋むように痛んだ。ほらまた、勘違いしている。俺が優しい人間だとでも思うのか。やめろ、そんなことを言って、そうやって俺をおまえに都合のいい人間にしたいだけだ。そんな言葉にはのらない。操縦するつもりなら、やめろ。

直江は美奈子が頭をあげるまえに、きびすを返した。

「あなた方のためではありません。加瀬さんを守るためです」

彼の、心を――。

直江は美奈子の家を去った。

高台の家からは、街の明かりがよく見える。冬の冴えた風に吹かれ、よく瞬いている。その向こうに、小さく、東京タワーの明かりが見える。

ひどい矛盾と混乱だ。

俺はどうしたいんだ。

景虎と美奈子を引き離したいのか、それともその先へ送り出したいのか。

まるで一貫しない自らの行動に翻弄される。

そんな自分を自嘲しながら、街に続く坂道をおりていく。

早くあの寂れきった光の中に紛れ込んでしまいたいと思いながら。

*

直江が宮路写真事務所に帰ってきたのは、もう夜半近かった。

夜更かし体質の長秀は、日付が変わる前に就寝することはない。なのに部屋が真っ暗だったので、怪訝に思った。

合鍵で中に入ると、誰もいない。まだ帰ってきていなかった。

今日は景虎と組んで、次の橋脚爆破に臨んでいるはずだった。ただ想定以上に警察が大きく動いているので、今夜は手を出せないだろう、とも思っていた。

直江は松川神社に電話をかけた。

そうしてようやく、景虎と長秀が警察に連行されたことを知ったのだ。

「橋脚爆破の現行犯で捕まったということか？　しかし、《力》を使ったんだろう？」

よほどでない限り、証拠も出ないし、因果関係がわかるわけでもない。すると、現行犯というわけではなく、むしろ当初は被害者としてだったという。

「どういうことだ？」

とにかく身元引受人が必要だということで、直江は夜中にもかかわらず、彼らが連行された警察署へと向かうことにした。

＊

そもそも解すことができなかった。

景虎の前に現れた、景虎そっくりの男。破壊をするだけして逃げ去った。景虎たちはむしろ襲撃をされた被害者だというのに、警察に連行される理由がない。そう言って抗議した景虎の取調室に、ひとりの男が入ってきた。

四十がらみの巨体の男だ。

身長は軽く一八〇を超えているだろう。分厚い胸板と広い肩が、風を切るように入ってきて、取調室の椅子に腰掛ける。いかめしい顔は四角い弁当箱を思わせた。

「警視庁捜査一課の椋本だ」

男はやたらとでかい声でそう名乗った。

景虎が一番苦手な手合いだ。ガサツで声がでかい。ねずみ色のコートを着て、中には背広を着ているが、ろくにアイロンも当てていないのか、シャツもネクタイもしわだらけだ。体が大きいというだけで、やたらと威圧的な態度をとる。この手の男とまともに話ができたためしがなかった。

「加瀬賢三だな」

「なんですか。オレのこと、まるで知ってるみたいな口ぶりですね」

「ああ、知ってる」

あんこうみたいな顎を近づけて、椋本は言った。

「おまえだろう。旧陸軍が探し続けてきた『ウルトラ』っていうのは」

「…………ッ」

これには、景虎も息が止まった。

それは旧陸軍の情報部が使っていた、ある特殊な人間たちに対する符丁だ。まさかこんなところで耳にするとは思わなかった。だが、平静を装った。

「なんですかね、それ。ウルトラ？　なんかの左翼か右翼の名前ですかね」

「そうじゃない。『超人』って意味だ。手を触れずに物を動かしたり、壊したりできる人間のことだ」

「ははは！　刑事さん、テレビの見過ぎじゃないですかね。それとも漫画ですかね」

すると椋本が拳でドンと机を叩いた。

「漫画でもテレビでもない。実在の人間だ。陸軍がずっと追いかけてきたっていう『超人』候補者のリストに、おまえの名前があるんだよ。加瀬賢三」

「……人違いじゃないですか」

「とぼけるのもいい加減にしろ。目撃者が何人もいる」

先程、職務質問してきた所轄の刑事たちだった。ドッペルゲンガーとの《力》格闘を見事に目撃されていた。いつもならば、催眠暗示で消すか、適当にスルーするところなのだが、橋脚爆破で警戒中の警察官が多かったこともあって、ごまかしきれなかったらしい。

「あの橋脚爆破。爆発物とみられる残留物も発見されていないそうだ。それに爆発物では説明のつかないねじ曲がり方をしている。どうやって破壊されたのか、手抜き工事による崩壊かと、世間はピーチクパーチク騒いでいるが、あれがウルトラのしわざなら、簡単に説明がつく」

「オレは橋脚爆破の容疑をかけられてるっていうんですか」

景虎は背もたれに体を預けて、不遜な態度をとった。

「勘弁してくださいよ。そんな怪物みたいなやつと一緒にされちゃ、親も泣く」

「調べはついてるんだ、加瀬賢三」

椋本がカバンから分厚い書類の束を取りだし、机に置いた。

「おまえが関与したとみられる事件の数々。この通り、記録がある。言い逃れできるものなら、言ってみろ」

景虎は腕を組んで、真顔になった。上目遣いに睨みつけながら、

「一緒にいた男はどうした。オレの連れは」

「別の部屋で取り調べ中だ。仲間がいたようだな。ウルトラが二匹も釣れるなんて、なかなかないことだ」

舌なめずりしそうな椋本を睨み、景虎は見るからに不機嫌になった。

「それよりオレにそっくりな男がいた。そいつを調べて探し出してくれ。変な力を使ったのは、そいつだ。オレに化けて、よからぬことをやってる。迷惑してるんだ」

「双子でもいるのか」

「そんなもんはいない。親が隠していたんでなければな。橋脚を吹っ飛ばしたのも、そいつの

しわざなんじゃないのか?」

「調べてみればわかることだ」

椋本は煙草臭い息を吐きながら、景虎の目の前で、調書を広げた。

「……さあ、時間はたっぷりある。ゆっくり尋問させてもらおうか。加瀬賢三」

景虎は内心「面倒なことになった」と思った。たいていのことは適当な言い逃れができるが、ウルトラと見抜かれているとすると、厄介だ。簡単には解放してもらえないだろう。

——おまえがやりたくてもできないでいることを、オレが果たしてやる。

ドッペルゲンガーの言い残した言葉が気にかかる。

胸騒ぎがする。

(オレを写し取ったようなあの男、一体なにをしでかすつもりだ?)

反面、気にかかる。あの男を早く止めなければならない、そう思うのだが。

あの男はオレの何を写し取っているというんだ?

自分の中の暗い沼を覗き込むような恐ろしさを感じ、景虎はゾッとした。何をしでかすつもりなんだ。それをなして、どうする。

こんなにも不安な気持ちに襲(おそ)われるとは。

ある意味、自分自身こそがこの世で一番恐ろしいということになる。織田でもなく、また信(のぶ)

長などでもなく。

（こんなところにいる場合じゃない）

力ずくで出て行くか。そのために《力》を使えば、それを証拠に「危険なウルトラ」認定されて、今度こそ自由の利かない身になるだろう。

（どうする）

鉄格子のはまった窓ガラスを、赤色灯が照らしている。

やけにサイレンの響く夜だ。

荒川にかかる鉄橋が破壊されて落ちた、との知らせが飛び込んでくるのは、それから数時間後のことだった。

第四章　虎の本性

　事故現場の荒川河川敷は、たくさんの緊急車両と消防官・警察官、そして大勢の野次馬で騒然としていた。荒川の鉄橋が落ちた。電車が通り過ぎた直後のことで、あと少し遅かったら橋の崩壊に巻き込まれ、車両転覆して大勢の犠牲者が出るところだった。

「これはひどい……」

　現場に駆けつけたのは、直江と勝長だった。警察に連行された景虎たちを連れ戻すために動こうとしていた矢先だった。後回しにして急行した。野次馬をかきわけ、土手に張られた非常線ぎりぎりまで前に出て、現場の様子を見る。落ちた橋桁は川底に突き刺さり、橋脚は土台から激しく破壊されている。川岸には投光器が持ち込まれ、無残な鉄橋の有様が照らし出されていた。

「電車が巻き込まれなかったのは不幸中の幸いだな……。しかし、なんでこんなことに」

「あれじゃねえか、首都高の橋脚」

直江の後ろにいた野次馬たちがしきりに噂話をしている。

「また手抜き工事かよ」「いや爆弾を仕掛けられたんだ」「誰のしわざだ。物騒だなあ」

工事中の橋脚だけでなく、すでにあるものまで標的にされたのだと思い込み、不安をかき立てられて騒いでいる。直江と勝長は、顔を見合わせた。もちろん、この鉄橋は夜叉衆の破壊対象ではない。だがタイミングが悪すぎた。

「一体なにが原因で……」

「原因？　霊のしわざに決まっている」

聞き覚えのある声を聞いて、直江と勝長はギョッとしたように振り返った。驚くほど近くに、黒いマントを羽織る書生風の若者がいる。おかっぱの髪に山高帽をかぶっている。

「高坂！　おまえ、こんなところで何をしている」

「ご挨拶だな。そっちこそ霊査に来たのではなかったのか。仕事が遅いぞ」

物々しい赤色灯に照らされながら、高坂は不遜げに言った。霊査、と口にするからには、これが怨霊のしわざだと気づいていて来たのか。

「霊査したんだな。何がわかった」

「飛驒高山の内ケ島一族だ。織田が本格稼働させた。一族の怨霊を調教して、実行部隊にしあげた」

「では、鉄橋を落としたのも……」

かつて奥飛驒に勢力をもった戦国武将だ。帰雲城を拠点としていたが、天正年間の大地震で、城ごと山崩れに巻き込まれ、文字通り、全滅したという、悲劇の一族だった。二年ほど前に青木早枝子が関わったプウジャ事件で甦ってしまっていた。ニューギニアの精霊プウジャとの合体こそ避けられたが、内ヶ島一族は織田の使役霊となり、その手足として操られていた。

「織田の精鋭部隊化したってわけか」

「おまえらがさんざん六王教を追い詰めるからだ。織田も初生人どもに色気を出しすぎて、身内だった岩村御前から手痛い報復をくらったくらいだからな」

岩村御前は、織田信長の叔母だ。おつやの方、ともいい、生前は武田の武将・秋山虎繁の妻となり、織田の敵となった。岩村城は落城し、岩村御前は織田の手で磔刑にかけられたという。

その岩村御前は怨霊となっていた。

信長を恨んで、六王教の拠点もたびたび攻撃している。

織田の目下の課題は、目の上のこぶのような上杉と岩村御前、その両方を潰すことだった。

「しかし、なんだって鉄橋を」

「カムフラージュ？」

と直江が言った。

「首都高の橋脚破壊に世間の目が向けられて、織田の霊セメントのからくりが発覚しないよう、同じような事件をわざわざ首都高以外で起こしたと?」

「しかし、世間の人間が霊セメントなんてオカルトまがいを、そもそも信じるか?」

「霊を信じなくても、首都高に使う大量の生コンを巡る不自然な金の流れには、世間も興味を持つでしょうね。そうでなくとも、織田は土木官僚や土木議員に目一杯、金をばらまいてる」

「信長も堕ちたものだな」

高坂があからさまに揶揄した。

「裏金を使わねば天下も取れないなど」

「戦で物事が動く時代でもないがな」

「まあ、戦国の世も、将軍家や朝廷に献上しまくって取り入るのは、茶飯事だったが」

「それが現代でも通じると思ってるなら、時代錯誤も甚だしい。……まあ、ムリもないな。ついこの間まで〝死んで〟いたんだから」

直江も皮肉を口にした。霊のしわざだとわかれば、やることはひとつだ。

「内ヶ島の霊たちは、どこに行った」

「ここにはもういない。奴らは憑依しているな」

「六王教の信者にか」

「そうとも限らん。気配がある。見物人にまぎれているとも」

　勝長が舌打ちした。これだから憑依霊は面倒だ。すると、高坂が、

「目印は、ある」

「なんだと？」

「奴らは、六王教の《鬼力》で強化されている。《鬼力》に強化された霊は、その憑坐に必ず、ある特徴が現れる」

「特徴だと？　一体、どんな」

「眼が青くなる」

　青く？　と直江が問い返した。といっても、瞳ではない。白目が青くなる。

《鬼力》の影響を受けた肉体は、全体に肌が青白く見えるのは、直江たちも知っていた。それは血の色に変化が起きるせいだが、特に《鬼力》が強くなると眼球が血走り、白目が青く濁って見えるのだ。

「つまり、白目が青く濁った憑坐が、内ヶ島の人間か」

「まだそう遠くは行ってない。今ならば、何人かは捕まえられる」

「よし、おまえは向こう岸を頼む。直江」

「はい。……おまえも手伝え、高坂！」

「ふん。面倒な」

この鉄橋だけでは済まないかもしれない。近くには幹線道路の橋もかかっていて、交通量が多い。狙われたら厄介だ。直江と勝長は土手に集まった野次馬を押し分けて、走り出した。

「！　……あれはッ」

向こう岸へと橋を渡った直江は、河川敷に強い霊の気配を察知した。橋脚のあたりにぼんやりと浮かぶ青白い光は、鬼火だ。直江は急いで土手を駆け下りた。

「そこで何をしてる！」

橋の下に佇んでいる男がいる。背の高い芦の葉の向こう、川岸の暗がりに立って橋脚を見つめている。その身にただならぬ緊張感を孕んでいて、直江は警戒した。

「内ヶ島家の者か……？」

目をこらした直江は、意表をつかれた。見覚えのある後ろ姿だった。一瞬、混乱した。

「景虎様？　そこにいるのは、景虎様ですか」

いつもの革ジャンを羽織り、川を見つめている。もう一度呼びかけると、ポケットに手を突っ込んだまま、振り返った。やはり、そうだ。景虎だった。

「警察署に連れて行かれたと聞いていました。釈放されていたんですね。長秀も一緒ですか？」

景虎は無表情のまま、直江をじっと見つめている。反応がなく、様子がおかしい。

景虎様？　と再度声をかけた。

するとこちらにゆっくりと近づいてくる。景虎の機嫌が読めないのは、珍しいことではないが、じっと一筋にこちらを凝視している視線があまりにもぶれず、まばたきもしないので、わけもなく緊張を強いられた。何なんだ？　自分は責められるような失敗を犯したか、失策を犯したか、だが、この鉄橋はノーマークだ。誰も予想できなかったし、責められる謂れはない。

などと、直江が逡巡している間に、景虎は目の前にやってきた。

夜の河原にサイレンが響いている。

何か奇妙な空気だった。

「……景虎、様？」

景虎は何も言おうとしない。かわりに直江のほうへと、ゆっくりと手を差し伸べた。

顎を摑まれた。

なにをする気か、と直江が固まっていると、真顔で凝視していた景虎が、不意に顔を近づけてきたではないか。ほんの鼻先まで景虎の顔が迫り、唇と唇が触れあいそうになった時、直江が思わず景虎の胸を突き飛ばした。

景虎はよろめいて、後ろに下がった。直江はひたすら驚愕している。

「なんのつもりですか……っ。こんな時に、人をからかっているんですか」

直江の動揺を、景虎はどこか挑発するように見た。

「おまえに俺が止められるか」

と言い、ゆっくりときびすを返すと、再び川のほうへと向き直る。そして橋脚のほうへと手を差し伸べる。景虎の体から急速に《力》がこみあげてきたのに気づいた直江は、思わず叫んだ。

「いけない！」

景虎が念を撃ち込んだ。同時に直江も《力》を放った。大きな衝撃が生まれ、川の水が底まで見えるほど深くえぐれた。景虎が撃った念を、直江がぎりぎりのところで妨害したのだ。橋脚まで達せず、破壊は免れたが、衝撃で橋桁が激しく上下に揺れた。

「景虎様……ッ、なんのつもりです！」

「邪魔をするな」

景虎が直江めがけて念で攻撃をしかけてくる。直江は咄嗟に《護身波》で防いだ。景虎の念は重い鉄球のようだ。直江は防いだが、念を支える腕がびりびりと痺れる。

「やめてください、景虎様！」

耳を貸さず、景虎は容赦なく連撃を加えてくる。直江は防ぐのだけで精一杯だ。理由も言わない。何が何だか、わからない。とうとう防ぎきれなくなり、直江の体は念の勢いに負けて、後方へと吹っ飛ばされた。

地面に倒れ込んだ直江のもとに、景虎が近づいてくる。まったくの無表情で。

その顔からはまったく感情が読めない。直江には読めない。何かに怒っているのか。それとも別の感情なのか。美奈子を責め立てたことが知られたのか。内ヶ島一族を《鬼力》化させてしまったことか。起き上がろうとしたが、肋骨がにわかに悲鳴を発して、思わず屈み込んだ。

景虎は直江の眼前に立つと、不気味なほどの無表情で見下ろしてくる。

何かがおかしい。

（責めようとしているのでは、ない……？）

景虎が直江にまたがるように膝をつき、肩を押し倒した。あっけなく倒された。直江が当惑していると、景虎は真顔のまま、見下ろしている。左手を伸ばしてくると、直江の喉笛を鷲づかみした。猛禽が獲物を押さえ込むように。

「う……ぐ……っ」

苦悶する直江を見下ろす景虎の瞳は、凶悪な色を帯びている。直江の喉に爪を立てる。顎の真下を摑み、気道ではなく頸動脈を押し潰し、爪を皮膚に食い込ませる。

そうしている景虎は、残忍きわまりなかった。月を背にした姿は、征服欲を満たす肉食獣めいて見えた。

苦悶に歪む直江の顔を、味わうように眺め、景虎が顔を近づけてくる。ゆっくりと。抵抗できない獲物の恐怖を弄ぶように。鼻先が触れるほど近く迫った。直江は瞬きもできない。至近距離にある景虎の瞳を、視線で縫い取られたように、見上げるだけだ。

「景虎……様……」

声は自分のものではないくらいに、かすれていた。景虎は、月が雲に隠れるようにその笑みを消し、真率な眼差しになった。

「………。逃れられると思うな」

直江はぞっとした。虎が牙を剝く瞬間を見た。そう思った。気がついた時には口を吸われている。が、口づけなどという甘美なものではない。直江は喉笛を食い破られたかと思った。

「直江！」

勝長が駆けつけた。土手を駆け下りながら、念を撃ち、景虎を弾き飛ばした。

全く無防備だった景虎は、あえなく地面に転がった。解放された直江に勝長が駆け寄った。勝長の目には景虎が直江を殺そうとしているようにでも見えたのか。

「大丈夫か、直江」

「はい……」

「景虎！　これはどういうことだ！　憑依でもされているのか!?」

直江と勝長は、はっとした。川底から次々と光の固まりが浮かび上がってくる。青白いそれは、鬼火なのだ。景虎の体の周りを鬼火が取り囲む。同時に背後に人の気配を感じて、直江と勝長は振り返った。

複数の男女が土手から下りてくる。年配から若者から、全く共通項のない人々だ。

「憑依されている……っ」

その目が青白い。《鬼力》で強化された憑依霊だ。内ヶ島一族の霊にちがいなかった。

咆哮(ほうこう)があがった。

猛然と攻撃をしかけてくる。直江と勝長は応戦した。たちまち激しい攻防になった。

「《調伏(ちょうぶく)》だ、直江！　憑坐に怪我(けが)はさせるな！」

「くそ……！　〝バイ〟！」

外縛(げばく)が効かない。《鬼力》に強化された者には《調伏力》も効きづらくなる。手こずっている間に景虎は姿をくらましてしまう。

「ナウマク・サンマンダ・バザラ・ダン・カン！」

高坂が発した一撃が、憑依霊たちにあからさまなダメージを与えた。

「いまだ、直江！　色部(いろべ)！」

「〝バイ〟！」

見事にはまった。ダメージから立ち直る暇を与えず、直江と勝長が同時に外縛を繰り出した。

「のうまくさまんだ　ぼだなん　ばいしらまんだや　そわか！　南無刀八毘沙門天（なむとばつびしゃもんてん）！　悪鬼征伐（あっきせいばつ）、我に御力（おんちから）与えたまえ！　――《調伏》！」

印を結んだ掌（てのひら）から白光が放たれた。鮮烈な浄光（じょうこう）は、内ヶ島一族の霊を憑坐ごと呑（の）み込み、その肉体から霊体を引きはがし、吸い上げていく。霊体が抜けた憑坐は次々とその場に崩れるように倒れていき、霊たちは《調伏》されて消えた。

河川敷に闇（やみ）が戻ってきた。

「おい、景虎はどうした、直江」

「いません。逃げられました」

「景虎は憑依でもされていたのか？　景虎に何をされたんだ？」

（何を？）

押し倒されて首を絞められた。景虎に殺されかけたということか。

（いや）

残忍そうに自分を見下ろして微笑（ほほえ）んでいたが、ただの暴力とは何かが違っていた。もっと口にするのも憚（はばか）られるような空気だった。かといって、復讐（ふくしゅう）に燃える憑依霊が殺意に愉悦（ゆえつ）を感じているような、そういう感じのものでもなかった。あれは、もっと根の深い、もっと陰（いん）に籠（こ）もった、もっと倒錯している――……。

　倒錯――だと？

（そんなはずはない）

「あれは景虎様じゃない……」

「どこからどう見ても景虎だったぞ。ん？　いや景虎は留置場か……。まさか、実は双子がいたなんて言い出すんじゃないだろうな？」

　そういう意味ではない。あれは景虎だったのだろう。だが、自分が知っている「いつもの景虎」ではない、そういう意味だ。だが、それにしては――。

「景虎め、写し取られたな」

　と高坂が言った。直江はその言葉に意味もなく、ドキリとした。高坂は億劫そうな動作で、落とした帽子を拾い上げながら、言った。

「今のは分身だ。おそらく飛驒の白山系拝み屋に伝わる邪法だろう。御身写しの秘儀」

「おみうつし……？」

「霊山に千年間埋めた鏡に大威徳明王法を施し、分身を作り出す秘法だ。その姿を映した相手の身も心も写し取り、完全なる分身を生み出すという」

「聞いたことがある」

　勝長は初換生した際に、白山でみっちりと修行したことがある。その際に聞いた話だ。

「本来は天皇家のために用いられる秘法だと。しかし鏡が出来上がるまでに千年もの時間を要することから、まともに使った例はなく、中途半端に使われて出来損ないの分身を生んだような話もあった。その鏡を景虎に使われたということか」

「和製ドッペルゲンガー製造器というわけだ」

「では、あれは景虎様なのか。そっくりそのまま写し取ったと？」

「ああ、そうだ。そっくりそのままだ。面倒なことになったな。あの景虎がふたりになっただなんて」

　それだけではない意味を感じて、直江は動揺した。自分がいま見たものは、景虎を写したもの？　形だけを写したものではなく、中身も？　なら、あの言動は一体……。

　霊たちが抜けた憑坐が次々と目覚め始めていた。直江たちが介抱してやると、憑依されていた間のことは覚えていないようで、自分がなぜここにいるのか、と皆、驚いている。

「君たちは霊に取り憑かれていたんだ。何か夢のようなものでもいいんだが、何か覚えていないか？」

　勝長の問いに、多少、巫女体質とおぼしき若い女が「そういえば」と自分の中に残っている感覚をなぞるようにして、答えた。

「とても悲しい気持ちがしています……とても切実なような……嘆(なげ)いているような」

「それは憑依霊が残していった感情だ。他には」

「かえりたい……かえりくも…にかえりたい……」

勝長は直江と顔を見合わせた。帰雲城――内ヶ島一族の城だ。山崩れに呑まれて、崩壊した。彼らのいた城だ。

「あの橋に人柱を……人柱を立てろ……さすれば、帰雲城に戻れると……」

「人柱だって……？」

直江は思わず、頭上に横たわる道路用のコンクリート橋を見上げた。

「まさか……」

＊

景虎の「アリバイ」は、あっさりと証明された。

直江と勝長が内ヶ島一族と戦ったその時間、景虎は京橋(きょうばし)近くの警察署にいて取り調べの最中だった。

そのことは取調官はもちろん、たくさんの署員が証明している。景虎は荒川の河川敷などには行っていなかったのだ。確認がとれて、さっきの景虎が贋者だったことが判明した。

「やはり、そうか……」

飲み屋にある公衆電話で確認した勝長は、受話器を置いて、直江に目配せをした。あれが贋者でよかった、と胸をなで下ろす反面、新たな疑問が湧いてくる。写し身が何をどこまで写し取っているのか、ということだ。

「そういえば、景虎のやつ、何か奇妙なことを言っていたな。滝田記者の後輩が、景虎にそっくりな男に金を借りたとかなんとか……。あれも写し身のしわざだったわけだ」

「景虎様のドッペルゲンガーですか。やはり、いたんですね」

「もうひとりの自分」だ。分身は抑圧下で生み出されるというが、人為的に生み出された者はどうなのか。夜叉衆の贋者騒動は、過去にも何度か起きていたが、《力》まで写し取るというのは、今までにないパターンだ。

「だからといって、まさか《調伏》まで写し取るわけではあるまい」

「……わからんぞ。例の鏡は何から何まで写し取るという。首謀者が織田だったなら、最悪を想定していたほうがいい」

高坂が、すぐそばの席で焼き鳥をかじりながら、言った。天皇家に用いられる秘法の鏡など、誰でも手に入れられるものではない。景虎が狙われたのも、やはり織田がらみとみるべきだった。

「だとすると、織田は、景虎の生き写しを手に入れたってことか。いよいよ、まずい。なりすましでもされたら面倒だぞ」

「しかし、景虎様は警察にいるんでしょう？　贋者が何かをしでかしても、本人ではないことは警察自身が証明してくれるのでは？」

「それもそうだね。だが、そうなると当分、景虎を警察に預かってもらわなきゃならないな」

厄介な事態になった。

ともかく今夜はここまでだ。一旦帰宅して、明日、あらためて行動を起こすことにした。

＊

「よう、直江。迎えにくんのが遅いから、とっとと出てきちまったぜ」

明くる日のことだ。

景虎に一連の出来事を伝えるため、警察署にやってきた直江は、正面玄関から堂々と出てくる長秀と鉢合わせた。景虎と一緒に取り調べを受けていたはずだ。

「催眠暗示を使ったのか？」

「あーまー、ちょろっとな。けど、向こうも俺のほうにはあまり関心ないらしい」

と長秀はまだ景虎が残されている警察署のほうを見やった。歩きながら話すことにして、駅に向かった。その間も長秀は、それとはなしに時折後ろを窺っていた。

「なるほど。俺を泳がすために釈放したってわけか」

つけられてる。中年と若い男だ。刑事のようだった。

「鬱陶しいから、まいちまおう。来い」

長秀は直江を連れて狭い路地に入った。下町風情の残る界隈は、木造家屋が入り組んでいて、細い道が網目のようになっている。家と家の間に、ひとひとり通れるかどうかというくらいの幅で抜け道ができていて、そこを何本か使いながら器用にまぎれこみ、とうとう尾行者の目からうまく逃れた。ふたりを見失った刑事たちが焦って先へと行ってしまうのを物陰から見届けると、流しのタクシーを手早く捕まえ、乗り込んだ。近い駅で降りて電車に乗り換える。慣れている長秀は周到だ。

「ドッペルゲンガーが現れた？　景虎様本人の前にも現れたのか」

電車のドアにもたれながら、長秀が「ああ」と答えた。

「景虎を……というか、俺と景虎が警察に職務質問されていたところを襲ってきたから、職質を邪魔しようとしてくれたのかもしれないが、まともに戦って景虎と遜色ない、力は互角だと感じた。ただのそっくり男じゃない」

　やはり《力》まで写し取ったということか。しかも相手がダメージを受ければ、景虎も同様のダメージをくらうと聞き、直江はぞっとした。長秀は肩をすくめ、

「まあ、その手のめんどくさいやつは、たいがい虚像の類(たぐい)だろうが」

「いや。俺はその男にのしかかられた上に、首にこんな跡をつけられた」

　直江の首にはしっかりと昨日の男の爪痕(つめあと)が残っている。青く鬱血(うっけつ)した爪痕が指の形に残っていた。

「なにされた」

「首を絞められかけた」

　長秀は好奇心を刺激されたのか、直江の首元を覗(のぞ)き込んできた。

「ほお。こりゃ見事にやられたな。女にでもひっかかれたのかと思った」

「馬鹿(ばか)なこと言うな。こっちは首絞められて喉笛を噛(か)みちぎられるところだった。まるで猛獣だ。前足で押さえつけられる鹿(しか)にでもなった気分だった。虎に食らわれる心地がした」

「……そういや、昨日のドッペルゲンガー面白いこと言ってたな。景虎に向かって〝自分はおまえがやりたくてもできないことを、代わりにやってやるんだ〟というようなことを」

　直江はうまく理解しそこねて、思わず「なんだって？」と訊(たず)ねてしまった。

「景虎様がやりたくてもやれないことを、代わりにやる……？　分身が？」

「殺意だな。殺意。おまえよっぽど景虎に疎まれてるぞ」

「殺意……」

確かに首を絞められかけた。あれは俺を殺すつもりだったのか？　そこまで憎まれていると？

「……でなかったら、目に映るものみんな食い物に見えるほど腹が減っていて、うまそうに見えたんだろうよ」

長秀はおもしろがって軽口を叩いたが、直江には冗談だと片づけられなかった。確かにただの殺意ではない。何かに飢えているようにも見えた。そこに何か、景虎の謎を解く符丁が隠されているように思えたからだ。

「おい、そんな真顔になるな」

「……あのドッペルゲンガーは、景虎様の心も写し取っているのか」

景虎の真情までも写し取っているということか？

電車は四ツ谷駅についた。背の高い長秀は、屈み込むようにして車両ドアをくぐってホームに降りた。

「とりあえず分身を捕まえねえとな。大暴れされてるだけならともかく、そいつが殺されたら景虎まで死ぬ羽目になりかねん。そうでなくても、そいつが暴れたせいで、景虎が警察にまでウルトラ疑惑かけられちまった」

「ウルトラ？　確か、旧陸軍が探していたという『超人』のことか」

「ああ。取り調べが長引いているのは、そのせいだ。連中がどこまで信じているかは知らねえが、念を使う危険人物のレッテルを一度貼られたら、言い逃れもできねえ。おまえも気をつけろ」

「ああ、……わかった。俺は引き続きドッペルゲンガーを追う」

「こっちは内ヶ島一族を仕留める。じゃあな」

と言い、改札で別れた。長秀が去ると、直江は路面電車に乗り換えるため、歩き出した。

気がつくと、眉間にしわをよせている。考え込む時の、直江の癖だ。

景虎に謎かけをされた気がした。

昨夜の景虎の行動を、頭の中で何度も再生して精査する。

あれは、あの人が「やりたくてもできないこと」？　俺の首を絞めたことが、か？　あれは俺の首を絞めようとしたのか？　俺を殺そうとした……？

いや、ちがう。殺そうとしたんじゃない。服従させようとしたのだ。力で。

残忍な目つきだった。だが、そういう景虎を、直江はよく知っている気がしていた。それこそが景虎という男の本質のようにも思えていた。強固な意志や正義感や責任感、そういう分厚いものに隠されて、滅多に見せることはないが。

だが、直江にだけ時折垣間見せる、嗜虐的な言動は、彼自身が持つ悪魔的な何かから滲み出すものだ。そう思うのは、夜叉衆の中でも自分だけだと思うが。

ゆうべ出会った景虎を贋者だとは露ほども思わなかったのは、そんな自分しか知らない「景虎らしい一面」が剝き出しになっていたからだ。違和感でも何でもなく、むしろ、これこそが景虎だと思ったから、それを剝き出しにする景虎に驚きこそすれ、別人などとは思わなかった。

まるで殻を脱ぎ捨てたように。

そういう悪魔的なものをためらいもなく剝き出しにする景虎、というものに、戦慄した。恐ろしくなって萎縮して、絶体絶命だと感じながら、同時に相反する感情がこみあげていた。その肉食獣めいた残虐さに、目を奪われた。

苦悶しながら、美しいと感じた。自分の腹にまたがって、首に爪をたてる景虎が。

赤色灯のうっすらとした光を横顔に受けながら、見開いた目が禍々しかった。その瞳をたわめると、禍々しさが滴り落ちるようで、直江はその淫蕩さにゾッとした。

肩から服を脱ぎ落とすように、本性をあらわにした景虎に、このまま縊り殺されたいとすら願った。その欲望を自覚して、直江はまたしても怖くなった。景虎の分身は、苦悶のただ中にいる直江から、わけのわからない無上の恍惚をその刹那、引きずり出したのだ。

あれは苦悶が見せた幻かと思っていたが、

（そうじゃない）

直江には確信できた。

倒錯的とさえ思える一瞬の無上を、直江に味わわせたのは、確かに景虎本人だったと。

ドッペルゲンガーは写し取る。景虎自身は決して表には表せない本性も。

「……捜さなければ……」

直江は呟いた。

景虎の、身の安全のため……。もちろん、そうだ。そのためだ。

だが、脳裏から何かが囁く。不穏な気配を漂わせた何かが。

――……景虎を暴け。

もう一度、見たい。本性を剝き出しにした、あの景虎を。

その胸の内まで全て暴き出したい。そのために、ぼろぼろにさせられても。

二度と明るいものを信じられなくなったとしても。

抗いがたい誘惑だった。直江は景虎に爪を立てられた喉に、指を触れてみた。悪意すらも甘美に思えた。そうだ。自分はずっと暴きたかった。景虎という周到で狡猾で無欲な男の、あの魂(たましい)こそ、この手で暴いてみたい。

（あなたがやりたくてもできないこと、というのは、なんなんだ。徹底した破壊か。徹底した征服か。徹底した嗜虐か）

直江は足元をふらつかせ、歩き始める。ドッペルゲンガーに会わなければ。景虎という男の本性を、剝き出しにしたまま裸で歩いているような、贋者と。

もう一度、会って確かめたい。

自分がこれほどまでに惹(ひ)かれ、憎んでいる男の、本性を。

＊

景虎は結局、丸二日、警察で過ごすことになった。執拗(しつよう)に事情聴取を受けた上に夜は留置場で過ごして、少し疲れた顔をしている。拘束(こうそく)期限が迫っていたが、警察は何かと口実をつけて、景虎の拘束を延ばし続ける。

昨日起きた荒川の鉄橋崩壊のことは、取調官から伝えられていた。目撃された不審者の中に、景虎とよく似た男がいたことも。

だが、その時間、景虎本人は警察署にいたことは、目の前にいる警察官たちが証明している。

ただそうなると、逆に警察に留まっていたほうがアリバイ証明ができるので、釈放を求めることもできなくなった。

　そんな景虎のもとに、ひとりの男がやってきた。

　公安調査庁の志木だった。加瀬賢三の身柄引き取りを申し出たと聞き、景虎は驚いた。

「志木さんが……？」

「おまえの身柄を移送することになった。用意しろ」

　椋本刑事は悔しそうだった。景虎が固く口を割らなかったので、とうとう橋脚破壊容疑もウルトラ疑惑も証明できなかったからだ。アリバイ証明になるとはいっても、尋問されるのは煩わしかったので、それらから解放されるのはありがたい。

　警察の護送車で、景虎は警察署から九段の公安調査庁に移送されることになった。

　警官たちに囲まれて、景虎は黙然と後部席に腰掛けている。その首元には赤いマフラーを巻いている。色のない留置所で、護送車の中で、その「赤」が景虎を励まし続けていた。美奈子に守られている気さえした。

　二重橋前までさしかかったところで、ようやく口を開いた。

「どういうつもりなんだ？」

　護送の警官に問いかけた。

「志木さんに霊を憑依させて、オレを連れ出すなんて」

するとーー。

警官のひとりが、口を開いた。

「貴様を連れてくるように、と信長公からの指示が降った」

景虎は予想できていたのか、目線をあげただけで、驚きもしなかった。

「滝川一益。おまえか」

その若い警官は、憑依されていた。憑依霊は、織田の武将・滝川一益だ。

むげん丸事件の時に、勝長の手で懲縛され、石化された状態で松川神社の分社に「捕縛」されていた。そこが襲撃され、何者かに持ち出されたのは、二カ月ほど前のことだった。

日に焼けた肌の、スポーツ選手を思わせる屈強な青年警官の肉体を得た滝川は、以前の憑坐よりもずいぶん溌剌としているように見えた。老境まで生きた武将も、若い肉体を得れば、その精神も若返る、という見本のようだった。

自信をつけたようにも見える。

景虎の前でも、滝川は強気だった。

「とっとと《調伏》してしまえばよかったものを。そうしなかった貴様らが悪い」

「おまえからはもっとたくさん情報を搾り取りたかったんだがな」

景虎は動揺もせず、言い放った。

「だが、いい。そっちからオレを信長に会わせてくれるなんて、望むところだ。ずっとそれを待っていた」

「強がらないほうがいいぞ。信長公のもとに到着する頃には、おまえは世間の敵になってる」

「どういうことだ」

「それはお楽しみだ」

「例のドッペルゲンガーか。やはり、おまえたちが生み出したものだったのか。厄介なもんを生み出しやがって」

「分身は扱いが難しい。特に貴様のようなねじれた男は」

「どうしてすぐに殺さなかった」

景虎の疑問は、それひとつだ。

「分身を殺せば、オレも死に至るはず。苦労せず、簡単にオレを殺せるはずだ。なぜ、そうしなかった」

「我らは信長公のお考えに従ったまで。それに殺したところで、貴様らは換生する。いたちごっこでは意味がないからな」

確実に、滅する。そういうことだ。

護送車の後部席は、窓に鋼鉄製の網がはまっている。その網越しに、滝川は東京タワーを見やった。黄金色に染まる銀杏並木と、青空へと健やかな曲線を描いて伸びる赤い電波塔は、そのコントラストが美しい。

「言っておくが、ここで暴れようとは思うなよ。その手錠は特製だ。《力》を封じ込む霊枷だ。さしもの貴様も《力》を封じられたとあっては、手も足も出まい」

「どうでもいい」

景虎は暗い目に殺気を漂わせ、脅すように言った。

「《力》が使えようが使えまいが、オレの目的はただひとつだ。信長を殺す」

「……堂々と言うな。この護送車は霊を閉じ込める箱でもある。結界によって守られている。霊魂は出ることはできない。ここでおまえを殺して、そのまま消してやってもいいんだぞ」

「そんなことをすれば、おまえは信長に八つ裂きにされる」

その口調には余裕すらあった。

「オレを殺す資格は信長以外にはない」

「…………。覚えておこう」

護送車が向かったのは、元麻布だ。ひときわ大きな屋敷が見えてきた。

景虎を乗せた車は、門の向こうへと消えた。

「どうしたんですか。こんなところに突然」

北里美奈子は思いがけないところに現れたその男に驚いていた。

＊

その日、美奈子は知人の演奏会を聴きに行くため、広尾のホールへとやってきていた。

演奏会は無事終了して、客がロビーに次々と出てくる。大成功に終わった演奏会の余韻に浸るロビーへと、息を切らして飛び込んできた黒服の若者は、笠原尚紀だった。

今日は母親も一緒だったので、美奈子は華やかな和装に身を包んでいる。黒髪を美しく結い上げた美奈子は、白いうなじも眩しく、美貌がいつも以上に引き立って見えた。

直江は美奈子の居所を、北里家の家政婦から聞き出した。

ゆうべのいざこざがあった直後だ。美奈子はあからさまに直江を警戒し、怯えの色すら、その顔にはあった。近くに養母もいたが、挨拶する余裕もなく、直江は美奈子に問いかけた。

「……ここに、加瀬さんは来ていませんか」

「加瀬さん？　いえ、お見かけしませんでしたけど」

「今日は、一度も？」

「はい」

景虎の身も心も写している分身なら、きっと美奈子のもとに現れる、と直江は踏んだのだが、彼女のもとには姿を現していないようだ。

(なにをやってんだ、俺は)

鉄橋を捜さず、真っ先に美奈子を捜して駆けつけるとは。そもそも分身景虎は「やりたくてもできないこと」をするために行動している。だとするなら、彼の願望を読むのが一番だと考えた。しかし、そういう行動原理のもとでは、相思相愛で満たされているはずのふたりだ。

それでも、ここに来ると思う理由は、ただひとつだ。許婚(いいなずけ)の存在だった。

今日ここには、彼女の許婚も来ているという。両家の家族は仲が良く、音楽一家であるため、よく演奏会などに一緒に行ったあと、食事も共にしていた。今日もその予定だったという。

美奈子は望まない結婚だ。当の景虎は、それをどう考えているのか。

その想(おも)いに忠実に行動するとなれば、邪魔な許婚を手にかけることだってあるかもしれない。直情的になるのであれば、何が起きてもおかしくない。

直江はそう考えたのだ。

(そうでなくても、あの分身は抑制が働いていないようだった)

何か、どこかタガが外れている。分身と言っても景虎そのものではない。理性が利いていない。そんな危なっかしさを直江はゆうべ、顕著に感じたのだ。

本当の景虎なら自制心がブレーキをかけることも、あの分身は軽々と跳び越えていく。

（でなきゃ、あんなことをするはずが）

「そこで何をしているんだい？　美奈子」

ホールのほうから男の声が聞こえた。

年の頃は、三十近辺だろう。着ている背広の色もネクタイや靴も派手で、清楚な着物姿の美奈子とは、どこか不釣り合いだ。ポマードがべったりついた髪は、いかにも遊び慣れた風だった。この男が美奈子の婚約者だ。従兄にあたる男だという。

「あ……、武彦さん。こちら友人の……」

「ああ、聞いてるよ。笠原くんだろ。火事の時、美奈子を助けたという。医大生なんだってね。想像していたよりずっと色男じゃないか。はじめまして。北里武彦です」

握手をもとめてくる。気障な男だ。にやけた感じがいかにも軽薄で、握手などはしたくなかったが、社交辞令と思って形ばかり握り返した。

「どうしたんだい？　血相をかえて。美奈子に会いに来たのかな」

「いえ、人を捜していまして」

「人を捜して、わざわざこんなところに？　どういうことだろう」

武彦はなれなれしく美奈子の腰を抱き寄せた。

「僕のフィアンセの友人でも捜しているのかな?」

あきらかに牽制(けんせい)している。ゲスな男だ、と直江は思った。尚紀のことは美奈子の父親から聞いているのだろう。美奈子が恋心を抱いていた相手だということも、うっすら気づいているのかもしれない。遊び慣れた男は、そういう気配に敏感だ。

「実は最近、うちのフィアンセが、男とふたりで会っていたっていう噂を耳にしてねえ。あれは、君のことかな」

あっという顔を美奈子が見せた。加瀬といるところを武彦の知人にどこか見られてしまったようだった。武彦は女遊びの激しい男だが、独占欲も強いようだ。自分のことは棚に上げて、フィアンセの悪い噂は許せなかったとみえる。

「火事の時だって、なんで家の近くにいたのかな? 花嫁になる女が、年頃の男とふたりでふらふらされては、こちらだって迷惑だ。家の名に傷が付く。フィアンセをたぶらかすのはやめてくれないか。あまりひどいと、警察に訴(うった)えることになるぞ」

武彦は美奈子の腰をさらに強く引き寄せた。美奈子はあからさまに嫌がっている。この男を心底毛嫌いしているのだとわかった。

直江は、ほとほといやになった。

もっとましな男だったなら、よかったのに。

分身景虎が、この男に手出しをするために現れるのではないか。もし、そうなら止めるつもりだった。助けてやるつもりだった。

もっとまともな男だったなら、美奈子と景虎との仲を、引き裂いてやる用意だってあったのに。

まったく……、と直江はうめくように呟いた。

「がっかりだ。本当にがっかりした」

「なに」

「武彦さん。あなたが手当たり次第に遊んでいた女のひとりが、子供を堕ろしたという話を聞きましたよ。金を渡して手切れ金にしたと」

武彦の表情がサッと変わり、そばにいた美奈子の母と武彦の母も、ギョッとした。美奈子は「だめ」というように声もなく直江を制止した。だが、直江は聞かなかった。

「それもひとりやふたりじゃない。そのうちのひとりが、うちの病院にやってきてね。かわいそうに、子供をあきらめて、泣く泣く体を傷つけた。身も心も傷ついた。そういう人の心の傷を、金でなかったことにするなんて……。そういう人でなしが、ひとりの女を幸せにするだって？　ははは！　笑わせるな。そらぞらしいにもほどがある」

直江はわざと周りに聞こえる声で、言い放った。

「他に好きな女が山ほどいるなら、その女たちから選べばいいでしょう。家の血筋のためだかなんだか知らないが、そもそも美奈子である必要はない。あんたは自由に女を選べるんだ！」

「愚弄（ぐろう）する気か、ふざけるな！」

「わかってるさ。美奈子が惜しいんだろう？　こんな美しい清潔な女は、あんたの取り巻きにはいないからな。だが、誰がおまえみたいなゲスに美奈子を渡すか！」

「やめて笠原さん！」

美奈子が叫んだが、これに怒った武彦が、いきなり美奈子の頰（ほお）を張った。美奈子は悲鳴をあげてよろめき、転んでしまう。直江が武彦の胸ぐらを摑みあげた。

「彼女に手をあげるな！」

「訴えてやる！　おまえも美奈子も訴えるぞ！」

「やれるものなら、やってみろ。裁判したところで負けるのは、そっちだ！」

「破談だ、こんな尻軽女破談にしてやる！」

「のぞむところ……っ」

はっと直江は気がついた。背後の気配に。

振り返ると、そこに景虎が立っている。

ジャンパーのポケットに手を突っ込んで、無表情でこちらを見ている。

直江には、咄嗟に本人と区別がつかなかった。

「……景虎……様……」

美奈子も固唾を呑んで、見つめている。

武彦とは面識がない。

俯いた景虎の口が、何かをつむいだ。声は、聞き取れなかった。

「え……?」

次の瞬間だった。凄まじい衝撃が、ホール全体を襲ったのは。

悲鳴があがった。ガラスが割れ、建物が激しく揺れた。物が落ち、シャンデリアが大きく揺れた。

景虎の《力》だ。《力》が暴走している。

「いけない……!　景虎様!」

直江が飛びかかろうとしたが、跳ね飛ばされた。客が悲鳴をあげて逃げていく。美奈子は床に伏した。母親たちは玄関のほうへ逃げていく。直江は景虎を押さえ込もうとして念を発した。

「駄目です、景虎様!　景虎様!」

直江が這いずるようにして手を伸ばした。美奈子が顔をあげた。

「加瀬さん！」
唐突に、それは収まった。
建物の揺れも、ぴたりと収まり、あたりは不気味なほど静まりかえった。
直江も美奈子も、茫然と見つめている。
景虎の体が、ゆっくりと傾いで、その場に倒れ込んだ。
ふたりが名を叫んで駆け寄った。
分身景虎は昏倒したまま、ぴくり、とも動かない。

第五章　腕の中の真実

その屋敷でのもてなしは、丁重だった。

織田の屋敷だとはいうが、六王教とは関わりないのか。外国の大使館がひしめく住宅街の一角にある、重厚な邸宅だった。大物政治家でも住んでいそうな門構えと和風の庭。建材に桜の木を用いた書院造りの部屋は、大名屋敷を思わせる。

景虎はそこに手錠をかけられたまま正座している。その手錠は霊枷なのだ。背筋をすっと伸ばし、瞑想するような半眼で待つ景虎は、敵の牙城にいるとも思えないほど落ち着いていた。

その監視のように、警官姿の滝川一益が控えている。

雪見窓から冬の日差しが低く差し込み、畳に窓枠の影を落としていた。暖房も入っていないので、部屋にはまだ冷気が残っている。ガラス戸の向こうに見える、よく手入れされた庭には、池もあり、時折、鹿威しが高く鳴るのを聞いた。

そこに入ってきた男がいる。

栗色の髪の男だ。目鼻立ちは欧米人のそれだが、着物と袴を身につけている。

現れたのは、ジェイムス・D・ハンドウ。――森蘭丸だった。

景虎は目を見開いた。

蘭丸が杖をついているのは、十文字の事件で景虎に拳銃で腿を撃たれたためだ。以来、足を引きずるようになっていた。姿は欧米人そのものだが、和装になると、その立ち居振る舞いは、古き良き日本人そのものだとわかる。ゆっくりと膝を折りたたみ、景虎の前に着座した。

景虎は、滝川と蘭丸、両方を見て、口を開いた。

「信長はどうした」

「殿はここにはおらぬ。貴殿をここへ連れてこさせたのは、この私」

蘭丸は宿敵を前にしても、怯む様子はない。

「貴殿に話があってお招きいたしした」

景虎がはめている手錠は、霊枷だ。《力》を封じるためのものだった。だが、不利を不利とも思っていないのか、不遜に答えた。

「聞こう」

「手を引いてもらいたい」

蘭丸の口から出たのは、意外な言葉だった。

景虎は醒めた眼差しで、しばらく沈黙した。

「……それは、和睦願いということか」

「そうとも申します」

織田から和睦を申し出てくるなど、天地がひっくり返っても、ない、と思っていた景虎だ。むろん、言葉通りに受け取るわけにはいかなかった。

「なぜ、突然そんなことを」

「思えば、我らは戦国者同士。現代において、唯一、同じ時代の記憶と経験をわかちあえる者。そんな我らが敵同士であることはいたく不毛である、と気づき申した次第。ついては、貴殿の意向をお訊ね申す。……手を、取り合いませぬか」

景虎は軽く目を見開いた。蘭丸は悠然としている。至極、真剣な口調で、

「上杉殿の恐ろしさは、十分に身に沁み申した。今日まで、熾烈に戦うてきた相手なればこそ、その力の強きこと、手腕の見事なこと、隙無きこと……。我ら織田は身を以て十分、思い知らされてき申した。なればこそ、共に手と手を取り合えば、比類無き力を、双方が手にすること、かなうかと」

景虎は蘭丸の目をじっと見ている。

罠か。罠ならば、どういう罠か。罠でないならば、どういう意図か。

　蘭丸は両手をきちんと腿に置き、交渉役らしい慎(つつし)みと沈着をもって、景虎に訴えた。

「むろん、戦(いくさ)は激化する一方。そちらもこちらも、これ以上、削り合って沈め合うのは、どうにも力の無駄遣(づか)い。不毛と心得まする。その力を良きところに使えば、我らはこの日本を良き方向に導くことができると存じまするが、上杉殿のご見解はいかに」

「ああ、その通りだ。不毛な戦いだ。なにひとつ建設的なところもない」

「貴殿らは上杉夜叉衆(やしゃしゅう)である前に、現代人。夜叉衆の各々方(おのおの)はそれぞれに、現代人としての暮らしをお持ちのようだ。色部(いろべ)殿は医者を、安田(やすだ)殿はカメラマンを、柿崎(かきざき)殿は歌手を、直江(なおえ)殿は医学生を、景虎殿は」

「オレに職業はない。直江は医大をやめた。晴家(はるいえ)は声が出ない」

　景虎は即座に跳ね返した。

「……そうなった原因を作ったのは、どこのどいつどもだ」

「戦です。景虎殿、戦だったのです」

　蘭丸はその一言で総括(そうかつ)した。

「我々も、多くのものを失いました。それは戦をすれば、お互いに被るもの。避けられぬもの。どちらも多くのものを失った。痛み分けというものです」

「だから、和睦を、と？」

「上杉殿。貴殿が、我が殿と手を組んでくださるならば、この世に恐れるものはなし。貴殿の力と手腕、この国のために使うてみようとは、思いませぬか」

にわかに外でヒヨドリが高く啼いた。

景虎は表情を変えることもなく、じっと耳を傾けている。

「貴殿はかつて、海軍にて日本の国防のために働こうとしたと聞き及んでおりまする。その昔は幕府の重臣のもとで明治維新を流血最小にとどめるため、働いたとも。貴殿は大義のためならば、戦うことに力を惜しまぬ方とお見受けいたしまする」

「この国のために力を尽くせ、と？」

「あなたには今、この国を任せられると思う初生人はいますか」

蘭丸は明晰な物言いをした。

「大国の顔色を窺わずには何もできない初生人をどう思いますか。歩く足も行く手もおぼつかない者たちを、歯がゆく思うことはありませんか。あなたが力を貸してくれれば、日本人が望む真の姿を、この極東に生み出すことができるのです。あなたの力を戦いではなく、物事を生み出すことのほうに使うつもりはありませんか。我々、織田は力に頼みすぎるきらいがある。あなたのように、物事の道理や筋道や均衡を重んじる人間が、我らと共に並び立ってくれるならば、我々は現代人から理解と賛同を得ることができるようになるでしょう。景虎殿。あなたの力を、我々以上に身を以て知る者はいない。私は想像するのです。あなたが我が信長公と共に歩むことを。共に国を育てることを」

「……」

「我が殿が、景虎殿と肩を並べている姿は、この蘭丸にとっても、夢にございまする」

景虎は目を伏せて、微笑んだ。

「オレと朽木が……か。考えたこともなかったな……」

朽木が信長とわかった時点で、すでに敵対は決まっていた。信長、すなわち敵。それはわざわざジャッジするまでもない。大前提だったからだ。その信長と手を結ぶ。そんなことは、想像したこともなかった。

「これよりは織田の施策は上杉殿との合議によって調えましょう。我々とて、何も戦国のやり方をごり押ししようなどとは思ってはおりませぬ。我々は現代人。現代の流儀に則ります」

「民主主義ってやつだな」

「同盟です。織田と上杉が手を結び、この日本を」

「信長はなんて言ってるんだ」

蘭丸の言葉を遮って、景虎が問いかけた。

「その方針は、信長が決めたことなのか」

「もちろんにございまする」

「嘘だな」

景虎は見抜いていた。

「信長が、オレと手を組もうとするはずはない」

今度は蘭丸が黙り込む番だった。

「どうして、そう思うのです」

「どうして？　あいつはオレを殺したいからだ。他の夜叉衆を許すことがあったとしても、オレだけはその手で殺そうとするだろう。あいつはオレの存在そのものが許せない。朽木という男であった過去も、加瀬と友情をはぐくんだ過去も、いまわしい疵でしかない。朽木の人格に喰われることを許した信長にとって、屈辱でしかないはずだ。それに信長は、自分の存在を脅かす唯一のものが、オレだということを知っている。一番危険な人間だと知っている。そんなオレと手を取り合おうなんて、ありえなさすぎて笑ってしまう」

蘭丸は景虎を凝視している。策士特有の心を読ませない、無色無感情の瞳で、景虎の出方を窺いながら、計算を巡らせているのか。

「私は……上杉殿。未来が見える。織田と上杉、このままでは消耗に消耗を重ねて、どちらも倒れることになる」

「ああ、このままではどちらも倒れるだろうな」

「だからこそ、この同盟こそが、互いの生き延びる道だと考えているのです。互いのために良き道を選びたい。ゆえに、殿のいないこの東京で、貴殿と話をしようと思ったのです」

「そうか。信長には秘密だということか。霊都化計画の成否には、おまえたちの命が……いや魂がかかってる、ということなんだろう」

図星だった。景虎たちの攻勢が上回ってきている証拠でもあった。負け戦になる前に和睦を、というのは戦国のセオリーだ。大打撃をくらって壊滅するまで戦を続けるのは、戦下手のすることだ。そうなる前に停戦し、交渉で少しでも味方に有利な条件をもぎ取って和睦する。蘭丸たちの魂胆を、景虎は見透かしていた。

「信長はまだ京都にいるようだな。京都の霊都化をオレたちに阻止されて、まだ未練たらしく京に残っているのは、なぜだ。本能寺で自分の骨でも集めているのか」

「上杉殿。おぬしは現代人として生きたくはないのか」

横から力強く問いかけてきたのは、滝川一益だった。

景虎が反応した。目だけ上げて、滝川を見た。

「我々はもとよりそのつもりだ。現代人として、この国の舵取りをする存在になる。それはやり甲斐のある仕事だろう。その仕事に、おぬしも加わらぬかと誘っている」

「……オレを籠絡して、邪魔ものをなくしたいだけだろう」

「おぬしの居場所ができる」

ぴくり、と景虎は目を見開いた。

「現代人・加瀬賢三が生きる場ができる。いま、おぬしは加瀬賢三の人生を捨てて、この戦いに身を投じているはずだ。だが、我らとの国作りを選べば、加瀬賢三として生きられる」

「おまえたちのもとでか」

「盟友としてだ。かつて、信長公は上杉謙信公に、盟友である証の品の数々を贈った。あの時のように、いままた盟友になろうと申しておるのだ」

景虎は真顔になっている。滝川は言った。

「……戦いは何も生まない。ならば、国作りで切磋琢磨していくほうが、よほど力の使い甲斐があるではないか。過去を互いに償いあい、戦の先を見よう。決して、ない未来ではない。譲歩しあい、共に生き、共に活かす道はあるはずだ。考えてくれ」

頼む、と滝川が頭を下げた。

庭ではのどかに鳥たちがさえずっている。景虎は「やめろ」と言った。

「巧言令色はたくさんだ」

「そうではない。我らの生きる道だ」

「では、聞くが、それが上杉に何をもたらす。殊勝に頭を下げれば済む、とも思っていないはずだ。条件はなんだ。オレがそれに応じれば、おまえらはオレに何をしてくれる」

滝川は蘭丸と顔を見合った。滝川が言った。

「おぬしの写し身を、消す用意がある」

「写し身？　ゆうべ現れたドッペルゲンガーか」

「信長公のご命令で、白山の秘法鏡を掘り起こし、おぬしの写し身を生み出した。今頃はおぬしになりすまして、我らの指示通りに動いているはずだ」

「なにをやらせた。何が目的だ」

声を荒げた景虎に、冷静に答えたのは蘭丸だ。

「貴殿を日本国民の敵となすこと」

「なに……っ」

「写し身を調教し、我らのしもべとなし、上杉夜叉衆を日本国民の命と財産を脅かす者となすべし……と」

ゾッとするような話だった。

が、予想できていたことでもある。景虎は怒りを滲ませるでもなく、皮肉げな笑みを浮かべただけだった。

「さもあらん、だ。卑劣な連中め」

「上杉殿がこの話を受け入れるならば、写し身はおぬしの目の前で消そう。もちろん、その場合もおぬしが死ぬことはない」

ただでは交渉の席になど着かない。「人質」を取っている織田は周到だ。これを交渉と言ってしまう面の皮の厚さにも、景虎は辟易した。

「これでも当方としては最大の譲歩であることを、わかってもらいたい」

「あんたは口がうまいな。滝川一益。憎めないだけに腹が立つ」

彼らは、今までにはなかった道を提示している。

戦国の人間であることを捨てて、現代人として「朽木」と組む。自分たちも飛びこめばいいのだ。国作りという道に。そうすれば「朽木」と戦わないで済む。同盟者という権利を得、織田を変える。彼らがやり方をあらため、それが非合法でなく、人道を無視したようなやり方でなくなるならば――。正しい方法で、犠牲者など出さず、現実に関わっていこうというなら、「朽木慎治」と同じ道を進むことはやぶさかではなかった。あくまで「加瀬賢三」は。

抗争をやめ、手を取り合う。

そうすれば……。

諦めた道も開ける。マリーの夢、直江の野心、勝長の希望、長秀の自由、それらを未来へと通してやることもできる。自分は朽木と友に戻れる。レガーロにいた頃とは形は違えども。

そういう可能性が開ける。

(もうひとつの未来に、橋をかけられる)

心ひとつだ。なんて簡単な解決方法だ。今まで気づかなかったのが不思議なくらいだ。いま織田はかつてない譲歩を景虎に持ちかけている。このチャンスを逃したら、二度と機会はない。

これも戦いの成果だ。織田から引き出した。これまでの苦しい戦いも無駄にはならない。これは降伏ではない。和睦という「成果」だ。

邪悪な存在であった織田から毒を抜くことができるなら、それが一番の解決方法ではないか。理想的な終戦ではないか。降伏も敗戦もない。

「どうだ。景虎殿」

景虎は目を閉じた。気持ちを整理するように、何度か調息した。

庭で鹿威しが甲高い音を立てる。

景虎は背筋を正して、言った。

「………。ことわる」

なに、と滝川たちが気色ばんだ。

まっすぐふたりを見る景虎の表情に、憎しみや恨みというものはない。感情という尺度とは別のものでジャッジした。透徹とした表情だった。

「我々は織田とは手を組まない。なぜなら、我々が戦うのは、おまえたちが非合法だからじゃない。おまえたちが死者だからだ」

滝川も、言葉を失った。それまでの熱のこもった表情も消えていた。

説得以前の問題だった。

「我々は死者がこの世に存在し続けることを許さない。だから《調伏》する。おまえたちとは味方になりようがない。なぜなら、排除対象だからだ」

「そんな考えは……おかしい」

「排除でなければ、駆除だ。駆除する害獣と、そもそも盟友になれると思うほうがおかしい」

「誰が害獣だと！」

滝川が気色ばんで、立ち上がった。

「我々は害獣などではない。霊ではあるが、ここにこうして生きているのだ！　それを排除するなら殺人だ。そのようなことをする資格は、貴様らにはない！」

「……だから言ったのです。滝川殿」

蘭丸だけは目線も動かさず、姿勢も動かさず、顔色も変えず、冷静だった。

「この者たちは我々の存在を許さない。話などはするだけ無駄なのです。死者を害獣としかみなしていない者に」

「それを言うならば、おまえたち自身はどうなのだ！　死者であるばかりか、他者の肉体を乗っ取り続けて、そのほうが遥かに罪深いであろうに、何様のつもりなのだ！」

「我々が換生を許されるのは、死者を《調伏》するからだ」

景虎は自分たちが生死の番人だというように、厳粛に告げた。

「死者と手を結んだりした時点で、我々は換生する資格を失う。資格を失って、なお生きるなど、ありえないことだ」

「それは貴様らが生き続けたいがゆえの口実ではないか。我らの犠牲の上に生をむさぼっているのだ！　我々の譲歩を退けて、生きて帰れると思うのか！」

憤慨した滝川は、腰につけた拳銃を引き抜いて、銃口を景虎の額に突きつけた。

景虎は眉ひとつ動かさない。

「百も承知だ。無事に帰れるとは思っていない」

「貴様……ッ」

「さあ、やれ。そろそろ換生したいと思っていたところだ。ひと思いにやれ」

がちり、と滝川が撃鉄を引き起こす。景虎は目を開いたまま、

「ここでオレを殺せば、すぐに、おまえらふたりのどちらかに換生する。換生して《調伏》す

る」

「なに……ッ」

「霊枷から抜ける手間もはぶける。おまえがいいな、蘭丸。その宿体に換生して信長のもとに行き、この手で殺して《調伏》する」

「やめろ！」

蘭丸が滝川を制止した。撃つな！　と。

そして呪うように景虎を睨みつける。

「……き……さまァ……っ」

景虎は不遜な表情をしている。死ぬことは怖くない。死ですらも、手段のひとつでしかないのだと。そう告げている眼差しに、蘭丸と滝川は人ならぬものを見る心地がした。

「どうした。早くやれよ」

まともな人間であることを捨てれば、強くあれる。

蘭丸も滝川も、身動きがとれない。膠着した部屋に、ヒヨドリの甲高い声が響く。

景虎は、正座したまま、瞑想するように半眼になった。

＊

穏やかな休日は、台無しになった。

演奏会の開かれたホールは、騒然としている。

地震もないのに激しい振動に見舞われた建物は、ガラスが割れ、スタンド花が倒れ、物が落下し、惨憺たる有様だった。

ほうほうのていで逃げ出した客が、建物の前でうずくまったり、身を寄せ合ったりしているが、どの顔も恐怖に強ばっていた。そうでなくても連日の橋脚破壊で、世間は建物やインフラの手抜き工事疑惑で騒いでいる。この建物も崩壊するのでは、と恐怖に駆られ、パニックになった客が、入り口に殺到して将棋倒しになった。怪我人はほぼ、それに巻き込まれた客だった。

道路には、緊急車両が多数到着していて、怪我人を運び出している。近くには美奈子と養母もいた。ふたりとも怪我はなかったが、武彦の母親が割れたガラスで怪我を負っていた。武彦は病院に付き添っていき、美奈子たちは警察から当時の状況を訊かれていた。

そして、その場に直江の姿はない。

昏倒した分身景虎を背負って、現場を離れた。すぐに八海に連絡して、迎えに来させ、分身景虎をつれて、松川神社へと逃げ込んでいた。

分身景虎は、意識不明のままだ。

社務所の一室に寝かせて、ひとまず介抱する。《力》を使って昏倒した理由はわからないが、見たところ外傷はないようだ。マリーが霊査を行った。

《本当に何から何までそっくりね。ほくろの位置から、肌の具合まで》

「肉体を複写したとはいえ、こうも同じだと不気味だな」

勝長も、枕元で観察している。

写し身を見るのは初めてだ。呪術で生み出したものだから、生きた肉体ではもちろんないはずだが、たとえ土塊だとしても、肌や筋肉の感触は、生身の人間と変わらない。

「これが景虎本人じゃないというのが、逆に不思議なくらいだ。本当に景虎ではないんだろうな」

それを言われると、直江も自信がない。その時間、景虎は警察署の留置場にいたはずだが、そこから抜け出してきたのだと言われたら、もう自信がない。それくらい「景虎そのもの」なのだ。

《でも、やっぱり写し身ね。霊魂が入ってないわ》

マリーは女医のように「診察結果」を告げた。

「入ってない？　だが《力》を使ったんだぞ」

《そうね。でも入っているのは、小さな霊玉だけだわ》

「霊玉」

《肉体に埋め込まれている……というより、種みたいなものね。写し身を作る時の核にする霊具のこと。肉体は、種を包む果肉みたいなものかしら》

「その件だが、研究者の知人をあたって白山系呪法の記録を調べてみた」

勝長は宗教関係にも顔が広い。今も各地に残っている修験者に人脈を持っているので、こんな時には大いに役立った。

「やはり天皇家で用いられる秘法中の秘法だな。もともとは、唐の国に伝わっていたものを、空海が持ち込んだ、と伝えられる」

「空海……ですか。しかし白山系なのでは」

「本来なら高野山で守り伝えるべき秘法だったようだが、政治に近すぎたんだろうな。悪用を防ぐために山岳密教の聖地である白山に密かに持ち込まれたようだ。千年埋め続けた鏡を用いるということ自体、気の遠くなるような話だし、木を育てるようなものだからな。……ただ、あまりに長すぎるので、千年待てずに使った結果、形ばかりしか写せなくて、使い物にならなかった、なんて話もあるようだ」

用途は主に、亡くなった皇帝の死を隠したり、先延ばししたりするためだったというが、あからさまに政治的な意味合いの強い呪法だった。

「いま死なれたら困る……という時に写し身で代用する。そういうことですか」

「ああ。だが、悪知恵の働く者が、本物を暗殺し、写し身を傀儡にたてる……というような陰謀に用いたりもしたらしい。実際、日本でもそれを行おうとした形跡がある。幕末だ」

「幕末？」

「将軍家茂が亡くなった時に、写し身を立てようともくろんだ者がいたとか。本当の家茂は記録よりも早く亡くなっていて、死を数年延ばした……なんて噂もある」

「幕末なら、ちょうど千年か」

「あくまで噂だ」

しかし千年物の貴重な呪具を、景虎のためにわざわざ持ち出してくるとは、余程のことだ。それだけ織田も、景虎を危険視している証拠だった。

「だが、白山で伝える一族が絶えて、現代ではそんな鏡が実際に埋められていることすら忘れ去られていたようだ。そんな話を、織田は大昔の死者の霊から得たんだろうな」

織田は京都にも拠点を作っていた。京都霊都化計画は景虎たちに潰されていたが、王城の地には古い霊も多い。それこそ千年クラスの大霊も残っているはずだ。霊は、情報の宝庫でもある。

「とはいえ、下手をすれば、景虎をふたり生み出すことにも繋がりかねん。得るものも大きいが、リスクも大きい。賭けだったろう」

と勝長は分析した。

とはいえ、写し身を殺せば、景虎も死ぬ。命は握られたも同然だ。

布団で昏睡中の「分身景虎」を見下ろして、直江が言った。

「……捕獲には成功しましたが、どうすればいいんです。分身は殺せない」

「そのことだが……。もともと分身の効力には期限がある」

「どれくらいですか」

「もって三年」

直江はマリーと顔を見合わせた。

「意外に長いですね」

「まあ、千年以上たっぷり白山の土の霊気を吸った鏡なら五年はもつかもな」

《そんなに長くドッペルゲンガーを養えっていうの？　やめてよ。景虎がふたりなんて、気持ち悪いわ》

「双子どころか本人がふたりいるようなもんだからな」

「安心しろ。もうひとつ、手はある。……鏡を割るんだ」

鏡を？　とマリーが身を乗り出した。ああ、と勝長は言い、

「写し身が姿を保つ力の根源は、その鏡にある。どこかにある写し身鏡を破壊すれば、景虎が死ぬことなく、分身だけ消し去ることができる」

「鏡、ですね……」

分身は確保した。要はその鏡を探し出して割ればいい。

「標的が決まったな」

「でも、一体いま、どこに」

六王教にあるのは間違いない。問題はどこの教堂にあるかだ。

そこへ廊下から「失礼します」と声がかかり、襖が開いた。宮司姿の八海が控えていた。

「急ぎお伝えいたします。景虎様が、警察署から移送されました」

「なんだと。どこへ」

「九段にある公安の庁舎……とのことでしたが、庁舎には移送されておらず」

直江たちが一斉に腰を浮かせた。

「どういうことだ」

「景虎様を乗せた護送車は、別のところに向かった様子。手の者が追跡を行っておりましたが、何者かに討たれ……」

申し訳ありませぬ！　と八海が深く頭を下げた。直江たちは緊迫した。

景虎は警察署から連れ出された。公安と見せかけた別の者の手によって。

「ただいま、《軒猿》を総動員して捜索しているところにて」

《私も行くわ》

と晴家が即座に立ち上がった。捜索をするなら、彼女の霊査能力は一番頼りになる。

「俺も行こう。直江、おまえはここに残って、この者の監視を」

「私も行きます！」

「いや、こいつは景虎に匹敵する《力》を持っている。《軒猿》だけに監視を任せておくのは心許ない。おまえが見張っていろ、直江。それと長秀に連絡を！」

指示を残して、勝長は晴家とともに慌ただしく出る支度を始めた。

部屋には、直江と分身景虎が取り残されてしまった。

*

夜になっても、景虎が見つかったという知らせは入ってこない。

皆、ほとんど出払ってしまったため、神社は静かだ。柱時計が時折、時間を知らせる他は、ほとんど物音もしない。

松川神社からさほど離れていないところには、日枝神社もあり、周辺は国会議事堂の裏側にあたる。一歩、繁華街から離れてしまえば、夜は閑静な街だ。

社務所にある和室で、直江は分身が目覚めるのを待っていた。

何度か、起こそうともした。景虎と連動している分身なら、景虎がいまどこで何をしているか、わかるのではないかと思ったのだ。――だが、いっこうに目覚めない。

（どうして目覚めない）

清潔な布団に眠る分身は、景虎自身と見分けがつかない。ただ、眠っているのに寝息もたてないところを見ると、やはり生身の体ではないのだろう。

（あの人の、心も体も写し取ったもの……）

――おまえがやりたくてもできないでいることを、代わりに果たしてやる。

分身は景虎にそう言い放ったという。

（ならば、おまえは「それ」が何か、知っているというのか）

ゆうべの出来事が、まだ生々しく直江の脳裏に焼きついていた。

なぜ、自分にあんなことをしたのか、理由が知りたかった。

思えば、昨日の分身の振る舞いは、いつか直江が景虎にしたことと一緒だった。日枝神社の階段で、景虎を組み伏せて首筋に嚙みついた。あれをそっくりそのままやり返された、ということではなかったか。分身は嚙みつきはしなかったが、代わりになぜか口を吸った。人ならぬものである分身だ。長く生き延びるために、精気を吸い取ろうとしたのでは、とも考えたが、分身にそういう習性があるとは、勝長からは聞かなかった。

目の前に横たわっているのは、景虎であって、景虎ではない。

だが——。

景虎の心、という、四百年一緒にいても解けない謎の答えが、ここにはある。

(暴けるのだろうか)

誰にも崩せない鉄壁の心。

今ならば、崩すことができるのだろうか。

(暴き出すことができるとでも?)

直江は、分身景虎に身を近づけた。

手を伸ばし、頰に触れてみた。これが作り物であるとは思えないほど、肌の質感は生身の人間そのものだ。そう感じるのも、現実の感触ではないのかもしれない。それでも、指先に吸い付くような肌は、わずかに湿り気を帯びていて、生々しかった。

その輪郭を指でなぞり、唇をなぞった。

ほってりとした厚めの下唇に触れると、思いのほか、弾力があって、直江の胸をわなかせた。

これが作り物？　ほんとうに？　本人なんじゃないのか？

いや、魂は入っていない。

(今なら)

ここには、分身と自分しかいない。景虎すら、いない。

誰の邪魔も入らない。誰も何も言わない。あくまで写しだ。写した「心」が「もの」のように横たわっているだけだ。いわば、ひとつの物証だ。生きた書物のようなものだ。本人ではないし、作り物なのだから、なにをしようが罪になりようもない。ただ、書物に触れ、書物を開く、というだけだ。

ごくり、と喉(のど)が鳴った。

決して手に入れられないものが、横たわっている。今なら謎の答えが手に入るかもしれない誘惑に、身が震えた。

(この人が俺を求め返さないことなんて、最初からわかってる)

(だが、知りたい)

(この人がずっと、何を考えて生きてきたのかを)

書物の頁(ページ)をめくるように。

唇に触れていた手を、襟(えり)の中に潜り込ませる。鎖骨(さこつ)をなぞり、肩の骨をなでる。もともと肉厚ではない胸板は、肺を痛めてからますます肉がそげてきたのか、肩の骨が突き出ていた。服の上から見る以上にやつれている体に驚いた。それでも精一杯虚勢(きょせい)を張るように、薄い筋肉は張りを失わない。

胸をつく想いを噛みしめながら、書物の紙の手触りを確認するように、肌を撫(な)でる。景虎を形作るひとつひとつの形を、掌(てのひら)で記憶する。あの自尊心の高い景虎の肉体を、この掌におさめている。なんという優越感だ。目がくらむ。

(いま、このひとは俺のものだ)

(美奈子のものじゃない)

(俺だけの)

突然、手首を摑(つか)まれて、直江は息を止めた。

分身景虎の手が、襟の中に忍び込んだ直江の手首を摑んでいる。

いつのまにかその瞳は開かれ、直江をまっすぐに見つめていた。直江は固まった。恍惚感は弾けとんだ。それが分身だとわかっていても、心臓に冷水をかけられた心地がした。

だが、怯まなかった。相手は本当の景虎ではないのだから、怖いものはない。

「……何か言いたいことでもあるのか。分身」

「………」

「おまえは本当の景虎様じゃない。ただの写し身だ。そうだろう」

「………」

「ゆうべ、なぜ、あんなことをした。なぜ、俺の口を吸ったりした。俺の精気を吸い上げるつもりだったのか？　それとも」

分身景虎は何も言わない。沈黙が、かえって咎められているように思えてきて、直江の表情は強ばった。

しっかりしろ。これは景虎ではないんだ、と自分に言い聞かせたが、不遜な目つきで見上げてくるのは、景虎そのひとと変わりないのだ。考えてみれば、至極当然だった。写し身だということは、それが発する言動も景虎そのものでなくてはおかしい。直江は次第にいたたまれなくなってきた。

「なんとか言え。言ってくれ」

「………」

「俺を責めるなら、そう言え！」

「オレを征服したいのか」

直江は息を呑んだ。

ひ弱さを感じない、大地に根を張った樹木のような声は、景虎のものに違いなかった。だが、景虎が発するような揶揄はない。

「……そうなったら、満足なのか」

「……なにを……言って……」

「オレに勝って征服したなら……それでおまえは……満たされるのか」

直江は答えることができなかった。分身景虎の手が伸びてきて、直江のうなじに触れた。ぞっとするほどひんやりとしていた。

「なにを言ってるのか……わからない……」

「勝ってみるか」

「なにを言ってる……」

「オレに勝って……手に入れてみるか……」

分身景虎の瞳は、黒く潤んでいる。覗き込んでいると心ごと引きずり込まれそうだ。

景虎は挑発するように言った。

「オレに勝つことができたら、おまえのものになってやってもいい」

直江は茫然とした。景虎は黒い瞳で、直江を真摯に見ている。

うなじに回された手は、逃れられないように強く摑んでいる。直江は目がくらんだ。自分がいまどこにいて、何をしているのか、よくわからなくなってきた。催眠暗示にかけられているようだと思った。酩酊（めいてい）していると感じた。

肉感的な唇に誘い込まれるように、直江はゆっくりと体を伏せていった。抗（あらが）うことができなかった。前髪が景虎の額にかかった。

——やりたくてもできないでいることを……。

（やろうとしているのは、俺のほうなのか）

景虎は拒（こば）もうとしない。やりたいことをやってみろ。そう言われている気がしてきた。俺がしたいこととはなんだ。自分は景虎とどうなりたいのだ。その心が欲しいのだ。欲しいのは心だけか。いいや全部だ。全部が欲しい。美奈子には髪一筋も渡したくない。誰にも渡したくない。全部手に入れて、独り占めしたい。この男の全（すべ）てが欲しい。その一念に突き動かされ、待ち受けているような肉厚の唇に、乾いた唇を重ねようとした、その時。

我に返ったのは直江だった。唐突に目が覚めて顔を遠のけると、うなじを摑んでいる分身の手を強く払った。

「やめろ……おまえは景虎様じゃない……っ」

「オレは景虎だ」

「うそだ！　こんなことが、あのひとの本心であるわけがない！」

　分身を突き飛ばし、身を遠ざけた。分身景虎は体を起こし、片膝を立てて動じることなく、直江を悠然と見つめている。

「本心だ、まぎれもなく。オレは偽りからは生まれない。本心しか写さない」

「ちがう！　おまえはあのひとの悪意を写し取ったんだ。オレを挑発するだけ挑発して、嘲笑うつもりなんだろう。そんなものにひっかかるものか！」

「……その根深い疑心暗鬼が、景虎の心を遠ざけているんだ」

「ちがう。ちがうちがうちがう！　おまえは景虎様なんかじゃない！」

「認めないのか。真実を」

「こんな景虎様は景虎様じゃない。あのひとが俺を受け容れるわけがない。こんなのは俺が手に入れたいあのひとじゃない！」

　すると――。

　分身景虎が一瞬、物淋しそうな目になった。

　直江は意表をつかれた。

　分身は、目を伏せると、やるせない微笑を浮かべた。

　力のない表情には皮肉も揶揄も偽悪もなく、武装することに疲れたとでもいうような、その青ざめた頬には、陰の濃い法令線が浮かび、直江ははじめて、景虎の枯れきった素顔を見たような気がした。

「……俺が……手に入れたいのは……」

「もういい」

景虎は立てた膝に手首を置き、横っ面で、直江に告げた。

「……おまえが求めたいものは、オレに求めるべきじゃない。もういい。行ってしまえ」

「ちがう」

「どこにでも行ってしまえ。ここにおまえの欲しいものはない」

「ちがうんだ……っ」

「オレはオレがやりたくてもできないことを、果たすだけだ」

そう言って、分身景虎は立ち上がった。直江は茫然と立ち尽くした。

「なんなんだ。景虎様がやりたくてもできないこととは」

「壊すこと」

分身景虎は遠い目をして、はっきりと告げた。

「壊して壊して、壊し尽くすこと。なにもかも壊して、焼き尽くすこと」

直江は動けない。景虎は歩き出す。部屋から出ていきかけた景虎の背中を、直江が衝動的に追いかけて、不意に後ろから抱きしめた。

分身景虎は目を瞠った。

直江はその腕で強く抱きしめて、骨ばった肩に顔を埋めた。

「はなせ」

「はなさない……」

「はなせと言ってる」

「そんな悲しいこと、させるわけにはいかない。あのひとは、そんなことを望んじゃいない！」

「おまえに何がわかる。おまえにオレの何が」

「わからなくたって、わかる……ッ。そんなことをすれば、あなたが誰よりも傷つくことくらい、俺にはわかる！　望んでも、果たしては駄目なんだ！」

息ができないくらい強く抱きしめながら、直江は血を吐くように叫んだ。そのきつい腕の中で、景虎は捕まえられた鳥のようにじっとしていたが、やがて、天を仰いでまぶたを閉じた。

「………」

景虎が何か呟いた。しかし声にならない呟きは、直江の耳には届かなかった。

なんですか？　と問い返した、その時――。

だしぬけに直江の腕の中で激しい燃焼音があがった。突然のことに驚いて、直江も思わず手を放してしまう。分身景虎が青白い炎に包まれているのを、直江は見た。火は畳に広がり、柱を這って天井を燃やし始めている。

炎の熱に炙られながら、直江は聞いた。猛火の中にいる景虎がこう告げるのを。

《心配するな、直江……》

「景虎様……ッ」

《オレが壊したいのは、オレだけだ》

火の勢いがますます強まった。灼熱に耐えかねて、直江が《護身波》でそれを防がなければならないほどだった。分身景虎の体はみるみる炎の中に朽ちていく。手を伸ばしたが、炭化した体は、掌で砕けた。

「景虎様！」

分身景虎の肉体は、炎の中に焼け崩れていった。その瞬間、何か蛍のようなものが飛び去るのを、直江は見た。

部屋中を舐めた炎は、一角のみを黒く焦がして、みるみるうちに消滅していった。

あとに残ったのは、消し炭とも土とも見分けがつかない残骸のみだ。

直江は立ち尽くすばかりだ。

——やりたくてもできないことを……。

「ばかな……。これだっていうのか。こうなることを望んでいたっていうのか……あなたは……！」

自ら（みずか）を焼いて朽ちる。そうしたかったとでもいうのか。直江は青ざめた。分身が焼けたということは、本体も焼けたということではないのか。

だとしたら、景虎は今頃——。

「！」

電話のベルがけたたましく鳴り始めた。
直江はすぐに電話のある玄関先へと走った。

「もしもし！」

電話の主は、八海だった。景虎の居所がわかったという。受話器から返ってきた言葉を聞いて、直江は目を瞠った。

「なん……だって……っ」

絶句して立ち尽くした。
電話の向こうからサイレンの音が聞こえる。
直江は、掌に残った分身の残骸を、じっと見下ろした。

第六章　闇に溶ける

情報を持ってきたのは、高坂だった。

長秀は内ヶ島一族の行方を追っているところだった。

荒川にかかる別の橋に、内ヶ島の霊が集結しつつあるところを高坂が見つけ、長秀が駆けつけた。《鬼力》を得た霊と格闘の末、どうにか《調伏》して仕留めたが、高坂がそのうちの一体を残させたのは、わけがあった。

写し鏡がどこにあるかを、聞き出すためだ。

長秀は催眠暗示を得意とする。

憑依霊に暗示を施し、自白を引き出すのはお手の物だった。

「……六王教の、新教堂だと？　そこに鏡があるのか？」

霊都化計画で生み出される首都高結界の、いわば司令塔だ。

まだ建築半ばだが、《鬼力》を満たすための噴水の役割を果たす寺だった。

内ケ島の霊たちも出入りしていたようで、場所も聞き出すことができた。

織田が景虎の写し身を「調教」して、自分たちの工作員に仕立てあげていたことも聞き出した。その「使い道」を聞いて、長秀は気分を悪くした。

「奴ら、どこまでも景虎を世間の敵に仕立て上げるつもりだ……」

夜叉衆の橋脚破壊を逆手にとって、分身にもインフラ破壊を立て続けに行わせ、それを世間に広めることで「加瀬賢三は社会の敵」という構図を作り上げようとしていたのだ。そんなことをされたら、もう「加瀬賢三」ではいられない。景虎だけではない。上杉全員だ。

織田は、夜叉衆の社会的抹殺をもくろんでいる。

「だが、分身は脆い」

高坂は山高帽のつばを深くおろし、ほくそ笑んだ。

「かの空海も方法を持ち込んだだけで、実際に写し身を作ったわけではない。もっとうまくやれば、五十年物くらいの鏡でも、はりぼてくらいは作れただろうに」

「おいおい。見てきたように言うじゃねーか」

ふふ、と小さく笑って、高坂は言った。

「鏡を割れば、分身も消える。止めるのは容易だ。容易なだけに、厳重に保管しているだろう」

「俺たちだけじゃ心許ないな」

仕方ねえ、と長秀は赤電話の前に立った。

「招集かけっか」

＊

夜の靖国神社には、菊の紋章が入った大きな提灯が掲げられていた。

落ち合う場所に指定した靖国神社に、勝長と晴家が駆けつけた。六王教の新教堂は、ここからほど近い。進駐軍の住宅跡地を丸ごと買い取ったところに建てられていた。

「……またしても靖国か。ここに集まる念を織田はどうしても利用したいらしい」

勝長が言った。高坂は黒マントの中で腕を組み、

「《鬼力》を生み出すには、その原料になる念が必要だ。その意味では神社は貯水池みたいなものだな」

「けっ。そんないいもんかよ。織田のしてることは、ひとんちから勝手に電線ひいて電気盗む〝電気泥棒〟みたいなもんだろ」

景虎と直江はいない。彼ら抜きでの作戦だ。指揮を執るのは、勝長だった。手にしたアタッシェケースには、ありったけの呪具や呪符が入っている。

「好きに使ってくれ。手加減はなしだ」

《私はこれをもらうわ》

晴家が手に取ったのは、弓と破魔矢だ。発声できない彼女は、《調伏》も真言も使えない。音を使わずに結界を破るには、これが一番適していた。

「俺はこいつだ」

長秀は木端神を手に取った。高坂は呪符を何枚か、懐に収めた。

「では出陣といきますか」

*

一方、元麻布の織田邸にいる景虎は、その後、霊枷をはめられたまま結界つきの地下室に監禁されていた。

織田の最大譲歩である和睦を、真正面から拒絶したのだ。決裂した瞬間に、交渉相手からただの捕虜と成り下がるのは自明のなりゆきだった。その場で殺されなかったのは、景虎の換生を警戒してのことだろう。

これがあるから、換生者にはおいそれと手が出せない。

蘭丸も景虎の力が自分より上だとわかっているから、極力、直接対決を避けてきたのだ。下手に対峙しようものなら、相手が死んだ瞬間に、自分の肉体を乗っ取られる恐れがあるからだ。換生者も肉体から弾き飛ばされれば、ただの霊になる。その瞬間は裸も同然だから、最も《調伏》されやすい。獰猛な虎を殺そうとして、自分が喉笛を食いちぎられては意味がない。殺すにしても相応の支度が要るのだ。

「どうした。蘭丸。信長を呼んでこないのか」

鉄格子の奥から、景虎が問いかける。

蘭丸は呪わしげに見つめている。

「信長なら一発で破魂できるだろう。なぜ、連れてこない」

「………。貴様と殿を会わせたくない」

蘭丸が珍しく、本音を口にした。

「貴様は、我が殿に良い影響を与えない」

「朽木のことを根に持っているのか。そんなことに引きずられる玉じゃないだろう。信長は」

「そういうことではない。殿の、貴様への執着だ。貴様をあそこまで憎むこと自体が」

あの信長に「必ず自分の手で殺す」とまで言わせた景虎が、蘭丸にはよからぬものと思えて仕方がない。

「あの方が、ひとりの人間に執着することなど、あってはならぬことだからだ」

「……。こっちからすれば、ただの迷惑でしかない」

「執着は危うい。それがたとえ憎しみであっても。殿はこの私の前で、そのような感情に翻弄されることはなかった。殿の勘気に触れた者は、幾人もいた。浅井長政、明智光秀、一向宗……。だが、それらは執着とはちがうもの」

「嫉妬してるのか。オレに」

蘭丸が目を剝いた。景虎は不遜な笑みを浮かべていた。

「そういうふうに聞こえる」

「馬鹿なことを申すな！」

「おまえは信長の執着を認めたくないんだ。奴がオレに感情を注ぎ込むのを見ていたくないんだろう。その瞬間、信長の頭にはオレしかいない。それが許せないんだ。そうだろう」

「……ふざけおって……っ」

「信長には、今まで、そういう人間はいなかったのか……？」

蘭丸は鉄格子の向こうから、景虎を凝視していたが、やがて目線をそらした。

「私の知る限りでは、ひとりだけ、いた」

「それは？」

「お市の方……」

信長の妹だ。浅井長政に嫁ぎ、浅井亡きあとは柴田勝家のもとに嫁いだ。信長の兄弟姉妹の中でも、ひときわ聡明な女性だったと伝えられている。

信長にとってお市だけは特別だった。お市の聡明さを愛していた。彼女に注ぐ愛情は、一見涼やかではあったが、深く並々ならぬものがあった。浅井の裏切りに対して、その髑髏を杯にしてしまうほどに激怒したのは、長政がお市の夫であったことが大きい。

「殿が執着という心を見せたのは、あの方だけだ」

「……。信長の心が欲しいのか」

蘭丸は目を剥き、「馬鹿なことを申すな！」とまた叫んだ。

「無遠慮が過ぎるぞ、上杉。それ以上、くだらんことを申すとこの場で八つ裂きにして、その魂、霊壺に封じる」

「他人に執着されるのは、幸せなんかじゃない。執着は、奪う。奪われる。互いの感情を奪い合い、奪われ合い、消耗して倒れる。戦争と一緒だ。何も奪わず、ただほどほどに与え合って寄り添っているくらいが人間一番幸せなんだ。だったら、おまえは十分幸福な臣下じゃないか」

「……」

「おまえはなぜ、怨霊になった。本能寺で信長を守れなかったからか」

「そうだ。明智を呪った」

「本当にそれだけか」

景虎は蘭丸の心を覗き込もうとするように、目に力をこめて問いかけた。

「おまえが未練を残したのは、主を守れなかったからか。天下を前にして主が倒れたことが、納得できなかったからか」

「だまれ……」

「本当に呪いたかったのは、信長のほうじゃないか。おまえには忠誠心以外なにも求めてこなかった信長のほうじゃないか」

「私の悲願は、あの方が作り上げる世界を見届けること。ただそれだけだ！」

蘭丸は心の乱れを抑え込むように低く言った。

「信長公は我が神だ。神のなすことを妨げる者は、何人たりとも、通さん。おまえたちはその最たるものだ。上杉」

「それが生き続ける理由か。虚しいな」

「なに……」

「信長の執着を奪いとってしまいたい。そう思うのは、おまえが、自分は信長の執着に値しない人間だと認めるのが怖いからだ。ちがうか！」

景虎の暴言に、蘭丸はわなわなと震えている。

青ざめていたが、動揺を抑え込んで、冷ややかに言った。

「……わかった。よくわかった、景虎。おまえの悪は、その口だ。その口から発せられるものだ。《力》などではない」

「よく言われるよ」

「その舌、切り落としてくれる」

蘭丸が神刀に手をかけた、その時だった。

景虎が突然、目を見開き、体を硬直させた。蘭丸の言葉に反応したのではない。その身に異変が起きたのだ。

突然なにかに同調したように、手がブルブルと震え始めた。トランス状態に陥った。耳に何かが聞こえてくる。それは自分の声のようでもあり、誰かの声のようでもあった。自分の手や体が、自分のものではないように動き、感覚が分裂するような感触がした。

「う……あ……あ！」

景虎の体が、火を噴いた。

燃焼音とともに突然、青白い炎に包まれて、火だるまになった。

蘭丸は何もしていない。結界が張ってあるから、外からの攻撃でもない。景虎は炎に包まれ、悲鳴をあげてうずくまる。至近距離の猛火に炙られた蘭丸は、熱で目も開けていられず、後ずさって息を呑んだ。

「これはいったい……っ」

青白い炎に包まれた景虎の目には、別のものが見えている。何かが耳に訴えてくる。それは阿鼻叫喚のようにも、猛烈な雑音のようにも聞こえた。

——おまえがやりたくてもできないこと。

もうひとりの自分と脳を奪い合うような、凄まじい感覚だ。景虎は歯を食いしばって耐えた。耳を押さえても押さえても聞こえてくる。五感を侵すように。

——みえるはずだ。できるはずだ。

脳裏に映るイメージが徐々に鮮明になっていく。夜叉衆の姿がみえる。

夜叉衆が灼かれていく姿が。

——オレを使え！

「ああ……あああああ……！」

絶叫した。

体が爆発したような感覚と共に《力》が一気に溢れだした。

＊

まるで城攻めだった。

六王教の堂は、織田にとっては文字通り、現代の城なのだろう。本丸・二の丸・三の丸を思わせる伽藍（がらん）配置になっていて、敷地に侵入できても厳重すぎて手こずる。

「おいおい、戦国の血が沸き立つじゃねえか！　〝バイ〟！」

長秀たちは難攻不落の城を攻めあげている心地がした。本丸にたどり着くまで、城兵のほとんどは憑依霊だった。

六王教の数百人いるといわれる信者の半数は、憑依霊だ。この新教堂にいた生身の人間は、三十名ほどだったが、それも二、三人をのぞいて憑依霊だった。

「襲撃！　襲撃！」

鬼域に殴り込みをかけてきた夜叉衆に、織田の霊たちは激しく応戦した。

「おらおらぁ！」

長秀は機関銃のように念を撃ちまくる。後に続くのは、勝長と晴家だ。

結界を発動すると、すかさず晴家が弓を構えた。破魔矢をつがえて一気に放つ。

破魔矢は結界を破り、中和してしまう。すかさず、結界が再生しないよう、長秀が木端神を放って、結界点を吹き飛ばした。

「阿梨（アリ）　那梨（ナリ）　㝹那梨（トナリ）　阿那盧（アナロ）　那履（ナビ）　拘那履（クナビ）！　……〝バイ〟！」

勝長が、祭壇を守るために地縛（じばく）されている守衛霊たちに向けて、裂炸（れっさ）調伏を繰り出した。

だが、《鬼力》で守られている霊は《調伏》をくらわせても、ほぼ二回に一度程度しか成功しない。空振りした瞬間を狙（ねら）って、霊が襲（おそ）いかかってくる。

「ぐは！」

《色部（いろべ）さん……！》

すぐに晴家が念で霊を散らした。

「すまん、晴家」

《大丈夫？》

「ああ」

それを見た長秀が怒鳴った。

「ひとりじゃ、あぶねーぞ、とっつぁん！　《調伏》はふたりひと組でやれ！」

その長秀の《調伏》も、通常よりも切れ味が悪い。刃が鈍ったようでもどかしい。

高坂が呪符を操りながら、言った。

「上杉の技もその程度か！　年寄りどもの《調伏》は生ぬるいな」

「うるせー。おめーも年寄りだろーが」

「来るぞ！」

信者たちが発砲してくる。長秀が弾丸を《護身壁》で阻み、高坂が念動力で信者たちから銃を取り上げ、目の前で暴発させた。

「鏡はどこだ」

「扉の奥に祭壇がある。そこをこじあけろ！　……〝バイ〟！」

拝礼堂の中央には「御霊堂」と呼ばれる六王教独特の祭壇がある。八角の大きな厨子形になっていて、その形は安土城の最上部を模していた。

「この中か……っ。晴家、長秀！　援護しろ！」

追いかけてきた信者を念でひたすら撃ち、寄せつけない。八角厨子の扉は、まるで銀行の金庫のように分厚くて、重い。鍵を壊して開けようとしたが、何か呪符による「留め金」がかかっているのか、いっこうに開けられない。

「面倒だ、こいつで扉ごと、吹っ飛ばせ！」

長秀が投げてよこしたのは、木端神だ。勝長は受け取って、扉のもとに仕掛けた。

「ナウマク・サンマンダ・ボダナン・インドラヤ・ソワカ！」

派手な衝撃音があがった。

勝長たちも身を伏せた。分厚い扉が壊れた。蝶番が外れて、隙間ができている。

「この中か……」

勝長が中に立ち入ろうとした、その時だった。

「そこまでにしておいてもらおうか。上杉夜叉衆」

やけに威風堂々とした太い声があがった。

振り返ると、警察官の制服を着た大柄な男が、拝礼堂の正面扉の前に立っている。夜叉衆たちは、そこに立っているのが織田の怨将であることに気がついた。

「誰だ、おまえは」

「滝川一益」

夜叉衆のもとに、一度は囚われの身となっていた男だった。

「脱走兵かよ」

長秀が舌打ちした。

「ついこないだまで石ころだったくせに。とっとと《調伏》しちまうべきだったぜ」

「大きな口を叩くのは、そこまでだ。おまえたちはすでに、鳥かごの中にいる」

「！」

夜叉衆と高坂がいる八角厨子の周りに、《鬼力》結界が生じていた。目に見えない壁が立ちはだかっていて、外部と空間が遮断されている。

「くっそ……。はめやがったな」

「景虎の分身を消すつもりだったようだが、それも初めからお見通しだ」

滝川たちは用意周到だった。最初から夜叉衆を罠にはめるつもりで、憑依霊たちに「偽の情報」を流していたのだ。鏡はそこにはなかった。

「て……っめえ……」

「煮るか、焼くか。……夜叉衆の丸焼きというのも、見物だな」

勝長たちの顔が強ばった。

焦熱結界だ。中にあるものを焼き尽くす。長秀は木端神で破ろうとしたが、結界の内部は、濃密な《鬼力》が満ちていて、神仏の力は無効化してしまっている。

「無駄だ、その結界の中では、神仏の力は効かぬ。おまえたちも裸と同じだ」

「やるならやってみろ！　なんなら、てめえの体に換生してやろうか！」

「その結界は、霊魂を封じるガラス瓶だ。外には出られん」

滝川一益は、夜叉衆対策を怠ってはいなかった。

「安心しろ。二度と換生できなくなるまで、焼いてやる」

「！」

「やれ」

　長秀も晴家も勝長も、息を呑んだ。高坂だけが表情を変えなかった。

　足下から小刻みに振動が伝わってきたのは、それからまもなくのことだった。

　目を剝いたのは、滝川だ。みしみしと壁や柱が軋(きし)み始める。振動は、長秀たちのいる八角厨子の周りだけでなく、拝礼堂の建物そのものを襲った。

「なんだ……なにが起きている！」

　建物そのものが崩れ始めた。

　滝川は自(みずか)らの体の一部が、強い熱を発していることに気づいた。

「……ぬ……お……！」

　熱が急速に膨れあがっていき、何かが砕け飛んだような音とともに轟音(ごうおん)があがって、建物が一気に倒壊した。

　もうもうと砂埃(すなぼこり)があがり、瓦礫(がれき)と化した建物の中に残されたのは、八角厨子とそのそばに立つ長秀たちだった。

《鬼力》結界も消えている。

「おい。一体何が起きた。何にもしてねえのに自滅か？」

《あれは……！》

砂埃の向こうに、晴家は見た。誰かがこちらを見て立っている。

長秀も勝長も、目を疑った。

「……景虎……」

青白い炎のようなものに包まれて、景虎がこちらに手を差し伸べて立っている。

その首には、赤いマフラーが巻かれてある。

「景虎！」

三人が瓦礫を踏み越えて近づこうとすると、景虎の姿は青白い炎と一緒に、すうっと消えてしまった。

三人は、見つけた。今しがたまで景虎が立っていたその場所に、丸い鏡が落ちているのを。

粉々に割れた古い銅鏡だ。掌に収まるほど小さいが、裏には美しい幾何学模様が刻み込まれている。

三人の後から近づいてきた高坂が、鏡の破片を拾い上げた。そして、しばらく霊査するようにじっと見つめていた。

「ふ……っ。延暦年間の文字が刻まれている。間違いない。これは空海の鏡だ」

「空海だと」

「空海が写し身鏡を作るために白山に埋めたものだ。景虎の写し身のために用いられたものだろう。どうやら景虎の力には耐えられなかったようだな」

「意味がわからねえ。なんでここに鏡があんだ。なんで景虎がここにいたんだ。いまのは景虎がやったのか！」

まくしたてる長秀に、高坂は服の埃を払いながら言った。

「滝川が持っていたんだろうな」

「なに……っ。では今のは」

「そうだ。この鏡は、分身を生み出す。鏡に映ったものが鏡面から抜け出して、もうひとつの存在となる。だが、この鏡が用いられるのは、本体が死にゆく時。つまり、本来なら鏡像のみが存在して、本体は消滅した後となる。実態のない蜃気楼(しんきろう)のようなものだ。だが、景虎はまだ生きている」

「ああ、それがなんだっていうんだ」

「つまり、本体が死んだ者は過去の残影しか写さないが、本体が生きている場合は、新たな意志を分身につぎ込むことができるということだ」

高坂は鏡の破片を月にかざして、まるでそれを見てきたかのように語った。

「この鏡の本当の力とは……、生きながらにして虚像の自分を、自ら操ることにあるのだ」

長秀も晴家も勝長も、にわかには信じられなかった。

「自ら、操る……」

「景虎め、それがわかっていたとも思えんが。分身と同調して、自らを服従させたならば、奴らしい」

高坂は自分だけ納得した顔をしているが、そもそも、なぜそんなことまで、高坂が知っているのか。

「高坂。てめえ、本当は何モンなんだよ……」

答えない。高坂は砕けた鏡の破片を、瓦礫の中に放り投げた。

「これで分身も消滅しただろう。さて」

倒れた建物の瓦礫から、折れた柱がごとりと動き、男が這い出てきた。滝川だった。憑坐は怪我を負っている。

長秀たちが身構えた。滝川は、しかし攻撃はしてこず、

「このままで済むと思うな……上杉……」

そう言い残すと、憑坐を捨てて、霊体のみで場を離れた。

「この……！」

すぐに外縛をかけたが、跳ね返された。

勝長と長秀の外縛をくぐりぬけて、滝川一益は飛び去ってしまった。

晴家と勝長は、他の憑坐たちの介抱にあたった。幸い、倒壊した建物の外にいたため、巻き込まれずに済んだようだ。

「しかし……派手にやったな」

建築中だったとはいえ、完成間近だった拝礼堂は、瓦礫と化してしまった。《鬼力》も寄せつけなかった。分身ながら、景虎の《力》は右肩上がりで留まるところを知らない。

「あの野郎……ひとりで化け物にでもなるつもりか」

「それより景虎の居所だ」

勝長が言った。

「連れ去ったのはおそらく、織田だろう。八海（はっかい）たちが先に駆けつけているはずだ。助け出すぞ」

夜の街にサイレンが響く。

師走（しわす）の東京は、今夜も事件が続いている。

＊

夜の飛行場には、冷たい風が吹いていた。

フェンスの向こうには、枯れ草が風に揺れている。広い水耕田の向こうに住宅の明かりがぽつぽつと見える他は、ほとんど明かりもなく、真っ暗だ。

シャッターのしまった格納庫の入り口にかろうじて電灯があるだけだ。滑走路には明かりもなく、今は闇に沈んでいる。都心の飛行場のような、大きな旅客ターミナルもなく、かろうじてマッチ箱のような待合所があるだけだった。

夜間のフライトは、協定で禁じられている。管制塔の明かりも消えている。

しかし滑走路の手前には、プロペラ機が一台、着陸の支度をして待っていた。

ゲートから黒い外国車が二台、滑り込んできた。

プロペラ機のすぐそばまでやってきて、止まった。飛行場は米軍関係者も使うことがある。

後部座席から降りてきたのは、欧米人のような容姿をしたスーツ姿の男だ。

そして、もう一台からは、両脇を護衛らしき者に囲まれた男が降りてきた。

黒い革ジャンパーとハンチング帽、首には赤いマフラーを巻いている。

景虎だった。

手には霊枷をつけている。

蘭丸に連れられて、やってきたのは郊外にある飛行場だ。

これから、関西に向けて飛ぶ。

「信長公が、お待ちだ。上杉」

蘭丸はもう「殿」はつけない。いまここにいる景虎は、捕虜だ。

「馬鹿な男だ。分身を使えたならば、自分のために使っていればよかったものを」

景虎は何も答えず、滑走路をわたる風に吹かれている。

「貴様のような危険な男を、いつまでも東京に置いておくわけにはいかん。望み通り、信長公の手で破魂してもらうがいい」

蘭丸の言葉には反応せず、景虎は肩越しに街のほうを見やった。

東の地平線は、ぼんやりと明るい。街の明かりが地上を燃やす炎のように、地平線からそそりたっているのだ。あの明かりの中に夜叉衆がいる。

「歩け」

と肩を突かれて、景虎は蘭丸の後について、歩き出した。

プロペラ機が待っている。

機体の陰(かげ)から、おもむろに人影が現れた。

そして、景虎たちの前に立ちはだかるように、足を止めた。

景虎は目を瞠(みは)った。

「直江……」

　そこにいたのは、黒いコートに身を包んだ直江信綱だった。

　蘭丸たちが驚いて、咄嗟に拳銃をかまえた。直江は黒い革手袋をはめた手を、コートのポケットから出して、向き直った。

「どうしてここがわかった」

「六王教の信者が知っていた。今夜、ここから飛び立つつもりだと」

「直江……」

　景虎の首に巻かれた赤いマフラーを見て、直江は冷ややかに目を細めた。

　蘭丸たちが発砲しかけたが、直江の背後には飛行機がある。弾が外れて下手に燃料タンクでも撃ち抜いては元も子もない。

　景虎の両脇にいた《鵺》と呼ばれる織田の使役霊が、咄嗟に人質にとるように、銃口を景虎に向けた。

　よせ、と止めたのは蘭丸だった。

「こいつらにはきかん」

「そのとおりだ。そのひとを撃ちたいなら撃て。撃った途端に、その人はすぐに、ここにいる誰かに換生する」

　直江の威嚇にひるんだのか。

景虎が睨むと、男たちは恐怖を感じたように、銃をひいた。だが、蘭丸はひかない。

「そこをどけ、直江。貴様だけでも殺していく」

「……」

「貴様には景虎のような力はない。貴様を殺すのはたやすい」

直江は屈辱に耐えるように一度目をつぶり、目を見開いた。

背後のプロペラ機が、轟音とともに吹っ飛んだ。

爆風が襲いかかった。蘭丸たちは身をかばった。だが、直江は動じなかった。爆風も《護身波》で打ち払って、何事でもないように、その場に佇んでいる。

背後には、めらめらと炎をあげて燃えるプロペラ機の残骸がある。

「……行かせない」

「おのれ、上杉！」

蘭丸が立て続けに発砲した。だが、直江には届かない。弾はすぐに、切れた。

炎に照らされて、そこだけが昼のように明るい。風に吹かれて火の粉が飛んだ。

火炎の熱に、肌が炙られるようだった。蘭丸はふたりを見据えて、真率な表情で言った。

「生き続ける、理由か……」

「……」

「それを問うならば、おまえたちのほうが余程虚しい」

　地中から邪気(じゃけ)が湧き立ってきた。そこから現れたのは、怨霊たちだ。いつの時代のものとも、どこの誰ともわからない、白骨の怨霊たちが、次々と滑走路から湧いてきて、景虎と直江を取り囲んだ。死者は害意をむき出しにしている。

「……………。いつかその決断を、後悔する時が来るぞ。景虎」

　言うや否(いな)や、蘭丸はきびすを返して、乗ってきた車に戻っていく。と同時に、直江と景虎は、一斉に襲いかかってきた怨霊たちに行く手を阻まれた。直江が景虎を背にかばい、印を結んで外縛する。

「〝バイ〟！」

　十数体はいるであろう怨霊たちを、次々と縛して、直江は力を印に集めた。

「南無刀八毘沙門天(なむとばつびしゃもんてん)！　悪鬼征伐(あっきせいばつ)！　我に御力(おんちから)、与えたまえ。──《調伏》！」

　蘭丸たちを乗せた車は、飛行場から去っていく。

　燃える翼(つばさ)から飛び立った火の粉が、あたかも赤い蛍(ほたる)のように夜風に舞う。

　夜空へと溶けていく。

　炎は飛び立てなかったものの未練のように、闇を明々と照らし続けていた。

終章

昭和三十五年も、年の瀬が近づいてきた。

正月支度をする人々で、街はどこも賑わっている。

連日、買い物客で溢れ返るアメ横はおせち料理の材料を求める者たちで、押すな押すなの混雑ぶりだ。闇市の賑わいも遠くなった、終戦から十五年目の冬。

喪に服す直江は、黒い服に身を包んだまま、雑踏をひとり、歩いていく。

この時期になるといつも、養母の敏恵と秀子は、買い出しに出かけた。

荷物持ちが必要だから、と尚紀もついていかされた。

数の子、昆布、海老、豆、ごまめにかまぼこ、ごぼうにレンコン……。

親戚が集まる正月のために、おせち料理をたくさん作るので、この時期は大忙しだった。献立は毎年決まっていて、昆布巻は母、黒豆は秀子……、などと受け持ちが決まっていた。

そんな年の瀬の台所が、直江は好きだった。

割烹着（かっぽうぎ）とエプロン姿で立ち働くふたりの姿は、親子のようだった。

大晦日は父とふたりで餅をついた。

最後の正月は、にぎやかだった。恒例の歌い初めでは、フランク永井（ながい）の「有楽町（ゆうらくちょう）で逢いましょう」を歌わされた。似せたつもりだったが、あまりにも似てなくて、皆に笑われた。

あの当たり前の正月から、まだ一年も経（た）っていないのが、不思議だ。

去年の今頃は……、と思い返してしまえるから、余計に悲しみが深まる。

大きな新巻鮭（あらまきじゃけ）を抱えた年配男と、肩がぶつかった。ぼーっとするな、と怒鳴られた。

すみません、と言って、歩き出す。

こんな時期に、こんなところに来るものじゃない。

「もし……そこのかた」

後ろから、突然声をかけられた。振り返ると、着物姿にショールを羽織（はお）った年配女性が、直江に黒い革手袋を差し出している。

「落としましたよ」

優しい声だった。

目元の雰囲気が、どこか、死んだ敏恵に似ていた。

直江は胸が詰まりそうになったが、気持ちを押し込んで、礼を言った。あと少しで、見知らぬ人の前で、涙を落とすところだ。だが、直江にはわかっている。

涙を流したくても、泣けない体になってしまったことも。

(感傷的になりすぎてる……)

街に雪がちらついていた。


直江の足は、自然と、笠原家の跡地に向かっていた。

雪のちらつく中、たどりついた笠原家は、もう瓦礫も撤去され、更地になっていた。

枯れた雑草が、物淋しく生い茂っている。

ほんの一年前までここにあった暮らしは、幻だったかのようだ。

直江は買い物袋から、酒瓶と栗きんとんを取りだして、養父と養母に供えた。養父の好きだった福島の日本酒と、養母の好きだった栗きんとん。それを杯と皿に載せて、居間があったあたりに供えた。

こんな正月を迎えることになるなんて、一年前、誰が思っただろう。

——開業二年目の今年は正念場だ。院長の後継者となるおまえの人生の第一歩でもあるんだぞ、尚紀。

養父・伸夫の明るい声は、まだ耳に残っていた。

（虚(むな)しい……）

なにもかも虚しい。

更地の枯れ野に佇(たたず)んで、一年前の家族の姿と向き合っていると。

声をかけてきた者がいる。

「……墓には、行かないんだな」

振り返らなくても、声と気配で、誰だかわかる。この人は、どうして自分が何も言っていないのに、ここにいるとわかるのだろう。

「両親の魂(たましい)は、まだここにいるような気がするんです……」

「ここにはいない」

「わかってます。でもここにいるような気がするんです」

景虎(かげとら)は隣に膝(ひざ)をついて、自分も手を合わせた。その首元には赤いマフラーを巻いている。毎日、身につけるようになった、手編みのマフラーだ。

誰が編(あ)んだか、なんて、聞かなくても直江にはわかった。

「派手に騒ぎ散らかしたそうだな」

直江の心を読んだように、景虎が言った。なんのことです？　と問うと、

「美奈子(みなこ)の婚約者のことだ。派手に誹謗中傷(ひぼうちゅうしょう)したそうじゃないか」

「中傷じゃありません。事実を訴えただけです」

「相手の親が騒いでいるらしいぞ。どうすんだ？」

直江は溜息をついた。どうでもよかった。心底どうでもいいと思った。

「美奈子の両親はなんと言ってるんです？」

「婚約者側に不審を感じ始めたらしい。よかったな。おまえの狙い通りじゃないか」

「ええ、あなたの狙い通りですよ」

無味乾燥な、抑揚のない声で、直江は答えた。

「……これで破談になれば、一番喜ぶのは、あなたと美奈子じゃないですか」

「そういう話でもない」

「誰に気を遣っているんだか知らないが、こんな状況で色恋でもないだなんて、大人げないことは言いません。いまのあなたに、彼女は必要なんでしょう」

降り始めた雪は少しずつ大きくなり、黒いズボンの膝の上に綿のように落ちてきた。

直江は乾いた声で言った。

「愛する女がいるだけで、支えられている気がするものです。男同士では、そうもいかないでしょうが」

「……おまえ」

「女というのは、なぜ、そうであるだけで男を満たすのでしょうね。思い浮かべるだけで、なぜ満たされる気がするのでしょうね。私たちがオスだからですか。私たちの肉体にはない柔らかさと甘い香りがするからですか」

直江は皮肉そうに笑った。

「女ってやつは花なんだ。花にはどうしたって勝てないんだ。肉体がそうさせるのか。魂がそうさせるのか。私たちは、虚しい生き物ですね。どんなに絆を深めても、こんなものに負けてしまうんだ」

直江の自虐めいた言葉には答えず、景虎は降ってくる雪を見つめていた。

「……おまえ、オレの分身と会っただろう」

直江はどきりとして、目をあげた。

「何を話した」

「………別に」

「オレはおまえに、何をした」

景虎はどこまで知っていて、訊いてくるのか。

直江は慎重にならなければならなかった。分身との会話は、ひとつ余さず、覚えている。あの日から何度も反芻して、その意味を考えている。答えは出ない。

「……分身は、あなたの本性をあからさまに突きつけてくれましたよ」

「オレの本性だと？」

「どこまでも、俺を嘲笑わずにはいられないんだ」

景虎は苦々しく煙草を取りだし、一本くわえようとしたが、この場所で火は使わないと誓ったことを思い出して、箱に戻した。

「そうだったなら、いつものオレだ。安心したよ」

「そんなもんじゃない。もっとひどい」

直江はいたぶりつくされたような屈辱を嚙みしめていた。

「……あなたの本性は、魔性だ」

「魔性か。褒め言葉だな」

「挑発するだけ挑発して、その気にさせて突き放すんだ。一番タチの悪い類ですよ」

「飴と鞭ってやつか。そんなものに躍らされるほうが悪い」

「もっと暴いてやるべきだった」

心底悔しそうに、直江は言った。

「あなたの一番弱いところを、あの時なら暴いてしまえたのに」

景虎が、ごくり、と喉を鳴らしたことに、直江は気づいていない。

直江は自分の掌ばかりを見つめている。

直江の端整(たんせい)な横顔を見つめて、景虎は囁(ささや)いた。

「……そんなだから、だめなんだ」

「え」

「分身ごときを暴いてないで、暴くなら、このオレの胸を暴け」

直江が驚いて、景虎を振り返った。その時には景虎はもう立ち上がっている。

景虎様、と鋭く呼び止めた。

「あなたは……なぜ私を引き留め続けるんです」

「引き留めてなんかいない」

「私を嘲笑って突き落として、そういう私に自尊心を埋められてるあなたには、一体なにがあるんです。私のようなみすぼらしい男の、何があなたを恐れさせているんです」

それは景虎の核心を突いてくる言葉だったが、そこで応答することは、景虎にはできなかった。

「なぜ私を挑発するんです。あなたは気づいているんだ。私の気持ちに」

「やめろ、直江」

「私はあなたのようになりたかった。あなたのような人間になりたかった。だけど、なれなかった。だから求めるんです。私だけのものにしたくなるんです！　誰にも渡したくない！」

「言うな。直江」

「そういう人間にしか埋められない欠落が、あなたにあるんだとしたら……！」

雪が降り続けている。

枯れ草におりた雪が、一面を白く染めていく。

視界が静かに、覆われていく。

白い視界の中で、景虎のつけたマフラーの赤だけが、やけに目に焼きついた。まるで雪の中にみる彼岸花のようだと、直江は思った。

景虎は立ち尽くしている。青い血管の浮く手の甲に、雪が落ちてくる。

「それが私なのだとしたら……」

直江の唇に、雪が降りかかった。

「……私は……」

景虎は天を仰いだ。汚れのないものが次から次へと舞い降りてきて、悲しみを埋めた土の上を覆い尽くすようだった。

かじかんだ手を、ポケットにねじこんだ。

雪をかぶった枯れ草を踏み、直江を肩越しに振り返った。

「……霊コンクリの供給を止める。操業が止まる年末年始を狙って、工場を破壊する。おまえは長秀と一緒に、西に行け。オレは色部さんと一緒に長野に向かう」

「あなたには、どうでもいいことなんですね……」

「公安がウルトラに関する再調査を始めることになったようだ。志木さんもどこまで粘れるかわからない。だが、手を緩めるわけにはいかない」

「あなたが一番大切な人間は、誰ですか」

「この戦いを終わらせる」

「あなたが愛している、たったひとりとは、誰ですか」

　景虎は目を伏せた。

　背を向けて、静かに告げた。

「——美奈子を、守ってやれ……」


　昭和三十五年が終わろうとしている。

　失われていったものたちの記憶を置き去りにして、時は加速するように流れていく。

　立ち止まることも振り返ることすら、許されない。

　すでに橋は渡った。

もう後戻りはできない。
彼岸(ひがん)に咲き乱れる赤い花が、白い雪に包まれていく。
報われることのない願いを胸に、生きていくだけだ。
虚しさに胸を灼(や)かれながら。

鐘(かね)が鳴る。
雪降る街に鐘が鳴る。
鎮魂(ちんこん)の鐘が。

——つづく——

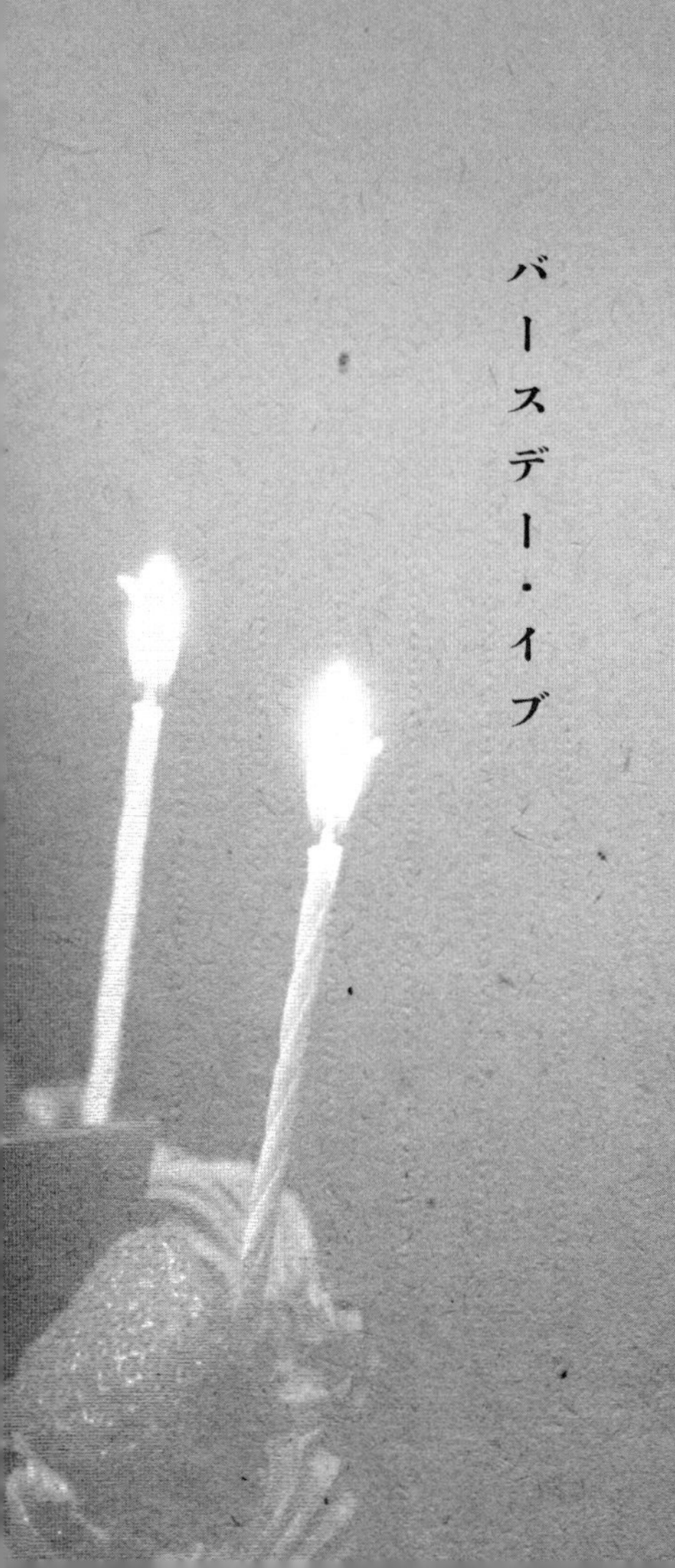

バースデー・イブ

昭和三十三年も年の瀬となった、ある夜のことだ。

柱時計は十一時半をまわっていた。

その若者は人待ち顔でカウンター席に座っていた。銀座の並木通りにある小さなバーだ。テーブル席はなく、止まり木めいたカウンターはよく磨かれ、ステンドグラスの窓が洒落ていて、ダウンライトに照らされたグラスが輝いている。

「今夜はレガーロには行かなかったのかい？」

カウンターの中から声をかけたのは、穏やかな物腰のマスターだ。

ええ、と笠原尚紀——こと直江信綱はうなずいた。グラスの氷をからから鳴らした。

「なんだか賑やかに呑む気分でもなかったので」

「加瀬さんとは待ち合わせかい」

いいえ、と直江は首を横に振った。

「今日は別に」

「そう」

景虎に連れてきてもらったのは、二カ月ほど前のことだ。以来、何度か訪れて、いつの間にか常連のひとりのようになっていた。あの景虎が通うだけあって、マスターは人当たりのよい物静かな人物だ。

（あの人はいつもどんなことをマスターに話すんだろう……）

自分には決して漏らさない本音や弱音も、この人には打ち明けているのだろうか。

「……加瀬さんは、いつもここでどんなふうに呑んでいるんです？」

と、直江は問いかけた。マスターは微笑み、

「そうですねぇ。いつも静かですね。バーボン一杯をゆっくりゆっくりやってますね」

「愚痴を言ったりはしないの？」

「滅多には。とりとめのないことばかりです。……ただ時折、いつもの酒を実に苦そうに呑んでいることが」

「苦そうに？」

「そんな時、加瀬さんは泣いているように見えるんですよ。でもよく見ると全く泣いてないんです。光の加減ですかね。いつもその席に座っているから」

と直江が腰掛ける隣を指す。最初に一緒に来た夜もその席に座っていた。直江は空の席を見た。

「そう……」

「おや。噂をすれば」

扉が開いて、現れたのは加瀬賢三――こと上杉景虎だった。ハンチング帽と肩が濡れそぼっ

ている。レガーロからの仕事帰りだった。

「おや。雨ですか」

「急に降ってきやがった。天気予報はあてにならないな」

マスターが差し出したタオルで、服を拭いていた景虎は、直江がいるのに気がついた。

「また来てるのか」

「私が来てはいけませんか」

「こんなに入り浸りされるんなら、連れてくるんじゃなかったな」

隠れ家を明かしてしまった景虎は、苦い顔だ。

「今夜はひとつ、どうしてもやらなくてはならないことがありましてね」

「なんだ。やらなきゃならないことって」

「覚えていないんですか」

「なにを」

尚紀は「これだから」と肩をすくめてみせた。

「私はちゃあんと覚えていますよ。忘れるもんか。こんな大事な日のことを」

「大事な日と言われても」

カレンダーは一九五八年十二月二十六日。心当たりがない。尚紀は責めるように身を乗り出した。

「本当に何も？」

「あ……ああ」

尚紀は顔を押さえた。するとマスターが苦笑いして「これですか」と冷蔵庫から白い箱を取りだした。中に入っていたのは、小さなホールケーキだ。

「誕生日？　……あっ」

明日は「加瀬賢三」の誕生日だったのだ。

「すごいな。こんなものまで用意して。おまえの差し金か。尚紀」

「私は何も言ってませんよ」

「はは。加瀬さんですよ。前に厄年の話になった時に。私の娘と誕生日が同じだったんで覚えてたんです」

「娘さん……。ああ」

マスターの娘は、空襲で亡くなっている。景虎は思い出して、ようやく察した。本当は娘のために買ってあったのだろう。

「いいんですか。出してしまって」

「加瀬さんが来なかったら、このままデザートに出してしまおうかと思ってました。おふたりで召し上がってくださいよ」

ろうそくは、五本だけ。すかさず、直江がレガーロのマッチを取りだして、火をつけた。

「ハッピーバースデーも歌いますか」

「いいよ。子供じゃないんだから」

そこへ電話が鳴った。マスターの知り合いからだったらしい。マスターは慌てて、

「……相済みません。お客さんが交番でトラブってるみたい。ちょっと様子を見てきます」

「いいよ。店番してるよ」

「貸し切りにしときますから」

というと、マスターは扉の札を「準備中」側にひっくり返して、こうもり傘を差し、急いで、雨の中、出て行ってしまった。

店の中は、ふたりだけになった。

バースデーケーキを挟んで、カウンター席で男二人、肩を並べている。

「いい年した大人が何やってるんだか……」

「おや。大人と認めてくれるんですね」

「大人どころか、じーさんだろ。お互い」

火の灯ったろうそくは五本。可愛らしい炎がちらちらと揺れている様は、まるで童話の世界

のようだ。

「五本か。オレたち夜叉衆みたいだな」

「思えば、四百年近くも、夜叉衆の誰ひとり欠けずに生き延びているのは、不思議なことですね」

「そうだな。青いこいつが、長秀」

「緑は晴家ですかね」

「白は色部さんかな」

残ったのは、赤と黄だ。ふたりは顔を見合わせた。

「赤は、あなたが時々まとう気炎の色ですね」

「黄色は、おまえか」

溶けた蠟が滴となって、伝っていく。

景虎はどこか無防備な子供のような眼差しで、それを眺めている。

揺れる火を映す景虎の瞳を、直江は横から見つめている。

まるで生命の火を愛しむような、優しげな眼差しをしていると思った。仕事帰りで少し疲れた空気をまといながら、あどけない子供用ケーキのろうそくを見ている。

腕時計の針が、ちょうど十二時を指した。

「ハッピーバースデー、トゥーユー」

直江が小声で歌い出した。景虎は露骨に眉をひそめ、

「よせよ。歌うな」

「歌います。滅多にないことなんですから」

「歌われるような年齢でもない」

「いいえ。その歳だから」

直江は言った。

「戦争や占領の大混乱の中で、よくぞ生き延びたと、自分をねぎらう時があったっていいはずです」

「………。へりくつだな」

景虎は五本のろうそくを、一息に吹き消そうとした。が、肺活量が足りなかったのか、二本の火が残ってしまった。

赤と黄色のろうそくだ。

「………。しぶといやつだ」

「ひとのこと言えるんですか」

「自分のものは自分で消せ」

景虎は再び吹き消そうとして、赤のろうそくに顔を寄せた。ふと見ると、直江も顔を近づけて、黄色のろうそくを吹き消そうとしている。

ひどく間近にお互いの顔があって、ちょっと驚いた。

ろうそくの火が直江の顔を照らしている。

景虎の顔も照らしている。

息を吹きかけようとして、薄く半開きになった唇(くちびる)が、直江の目にとまった。

ひどく肉感的だと思った。その時だ。

不意に景虎が、直江の口に、唇を近づけてきた。

直江はぎょっとして固まった。

が、景虎は直江の唇をかすめるようにして、横から奪うように、直江のろうそくの火を吹き消してしまった。残った自分のろうそくで、煙草(たばこ)に火をつけた。

鷹揚(おうよう)に吸い始める。

直江は、おあずけをくらった犬のような気分になってしまった。

「……………。そうやって人をからかうんですね」

「なんのことだ。煙草が吸いたかっただけだ」

「不完全燃焼の火は、ひどい煤(すす)を残すんですよ」

おかげでこちらの心はいつも煤だらけだ。

景虎は不遜に笑っただけだった。

「一酸化炭素中毒にならないようにな」

(まったく、このひとは……)

どこまで人の気持ちをもてあそぶのだか。

知っていてやるのもたちが悪いが、知らないでするのだとしたら、もっとたちが悪い。

ふと景虎が味見を思い立ったのか。指先にクリームをつけて、舐めた。

「味はまあまあかな」

と言った。そして、もう一度指先にクリームをつけて、今度は直江の口元に近づけた。

「ど……どうしろと」

景虎はいたずらするようにニヤリと笑い、直江の鼻の頭にクリームを塗りつけた。

あっと直江が声をあげた時には遅い。

景虎は笑っている。

「お返しだ。ハッピーバースデー」

【初出】　バースデー・イブ………2015年9月刊「夜叉衆ブギウギ」スペシャルコンテンツ

あとがき

昭和編も早いもので七冊目となりました（番外編除く）。

いよいよここまで来ましたね……と遠い目をしております。

そしてカバーに美奈子(みなこ)も登場しまして「ザ・昭和編」でございますよ。

残り●冊、がんばっていきたいと思います。


そして、前回のあとがきでも告知しましたとおり、舞台第三弾が決定しました！

今回は『炎の蜃気楼(ミラージュ)　昭和編　夜叉衆(やしゃしゅう)ブギウギ』です！

昭和編の番外短編集が、オムニバス形式の舞台になります。

そして、そのうちの一話分を、私が描き下ろさせてもらいます。

舞台でしか観(み)られないお話になると思いますので、是非(ぜひ)みなさん、劇場に足を運んでくださいませ。

以下、公演の詳細です。

【舞台『炎の蜃気楼　昭和編　夜叉衆ブギウギ』】公演情報

公演日程：二〇一六年十月二十一日（金）〜三十日（日）
劇場：シアターサンモール（新宿御苑前）

原作：桑原水菜（集英社コバルト文庫刊）
演出：伊勢直弘
脚本：西永貴文（猫☆魂）

〈出演レギュラーキャスト〉
富田翔・荒牧慶彦／佃井皆美・藤本涼・増田裕生・林修司／笠原紳司・水谷あつし
〈殺陣衆〉
菅原健志・小笠原竜哉・北村海・湯浅雅恭

〈配役〉
加瀬賢三（上杉景虎）：富田翔／笠原尚紀（直江信綱）：荒牧慶彦／小杉マリー（柿崎晴家）：佃井皆美／宮路良（安田長秀）：藤本涼／朽木慎治（織田信長）：増田裕生／ジェイムス・D・ハンドウ（森蘭丸）：林修司／佐々木由紀雄（色部勝長）：笠原紳司／執行健作：水谷あつし

〈チケット〉六五〇〇円（全席指定・税込）
※前売り・当日共　※二十一日は初日割引で五五〇〇円です。※未就学児入場不可
※チケットの発売日や取り扱いなどの詳細は後日お知らせします。

◆公演に関するお問い合わせ　トライフルエンターテインメント info@trifle-stage.com

協力：集英社　制作協力：オデッセー　主催・制作：トライフルエンターテインメント
プロデューサー：辻圭介（トライフルエンターテインメント）

詳しい上演時間や追加のお知らせは、ブログにて。

舞台『夜叉衆ブギウギ』専用ブログ　http://blog.livedoor.jp/mirage_stage2016/

トークショーのある日もございますので、要チェックです。

待望のゲストキャストにつきましては、ただいま、調整中とのことですので、そちらも決まりましたら、ブログ等でお知らせが載ると思いますので、チェックしてくださいね。

私の公式サイトやTwitter(ツイッター)でもお知らせします。

舞台ミラージュ。三年目に突入なんて、本当に当初は夢にも思っていなかったので、嬉(うれ)しい限りです。本当にたくさんの方に足を運んでいただいて、原作者としましても、ただの舞台好きとしても、興奮しますし、一緒に愉(たの)しめるのが何より素晴らしいなと思います。

前回は、本編でイラストを担当してくださった東城和実(とうじょうかずみ)先生と浜田翔子(はまだしょうこ)先生にも来ていただけて、すごく楽しんでもらえたようでした。ちょっとした同窓会のように!

舞台から昭和編を、ミラージュを知ってくださった方も大勢いるようで、新しい読者さんとの出会いのきっかけにもなってます。

キャストの皆さんは、本当にそれぞれ自分の役についての思いや考えを深めてくださっていて、私以上にその人物の核心を摑(つか)んでいるのでは、と思わされることも、しばしば。自(みずか)らの肉体で演じるというのは、肉体で知る、ということでもあるのでしょう。

そしてミラージュといえば、アクション。特撮をやってらしたキャストさんもいて（もちろん、いぶし銀の殺陣（たて）衆の皆さんも！）美しい魅せるアクションは、私にはたまらんです。稽古（けいこ）期間中は、キャストやスタッフの皆さんと熱心に物語の話、役の話をしております。そうやって返ってきたものが、創作を深めるきっかけにもなっています。
この刺激が、私に飽かず筆を執らせるのだろうとも思います。
すべて受け止めて、悔いの無いよう、原作の筆にのせていきたいと思います。

読んでいただきまして、ありがとうございました。
物語にはいよいよクライマックスがやってきますが、
どうぞ最後まで、おつきあいくださいませ。

二〇一六年七月　　桑原水菜

※この作品はフィクションです。実在の人物・団体・事件などにはいっさい関係ありません。
※当作品は昭和三十年代を舞台にしているため、現在では使用しない当時の用語が出てくる場合があります。

この作品のご感想をお寄せください。

桑原水菜先生へのお手紙のあて先
〒101－8050　東京都千代田区一ツ橋2－5－10
集英社コバルト編集部　気付
桑原水菜先生

くわばら・みずな

9月23日千葉県生まれ。天秤座。O型。中央大学文学部史学科卒業。1989年下期コバルト読者大賞を受賞。コバルト文庫に「炎の蜃気楼」シリーズ、「真皓き残響」シリーズ、「風雲縛魔伝」シリーズ、「赤の神紋」シリーズ、「シュバルツ・ヘルツ－黒い心臓－」シリーズが、単行本に『群青』『針金の翼』などがある。趣味は時代劇を見ることと、旅に出ること。日本のお寺と仏像が好きで、今一番やりたいことは四国88カ所踏破。

炎の蜃気楼（ミラージュ）昭和編

悲願橋ブルース

COBALT-SERIES

2016年8月10日　第1刷発行

★定価はカバーに表示してあります

著者　桑原水菜
発行者　鈴木晴彦
発行所　株式会社　集英社
〒101－8050
東京都千代田区一ツ橋2―5―10
電話　【編集部】03-3230-6268
【読者係】03-3230-6080
【販売部】03-3230-6393（書店専用）
印刷所　図書印刷株式会社

ISBN978-4-08-608010-1　C0193